中国教育学会中学语文教学专业委员会专家审定

KUER
LIULANG JI

苦儿流浪记

【一本写尽人间酸甜苦辣的故事书】

〔法〕埃克多·马洛◎著
《青少年经典阅读书系》编委会◎主编

首都师范大学出版社
CAPITAL NORMAL UNIVERSITY PRESS

图书在版编目(CIP)数据

苦儿流浪记/《青少年经典阅读书系》编委会主编.—北京:首都师范大学出版社,2011.11(2023年10月重印)

(青少年经典阅读书系.奇遇系列)

ISBN 978-7-5656-0598-7

Ⅰ.①苦… Ⅱ.①青… Ⅲ.①儿童文学-长篇小说-法国-近代-缩写 Ⅳ.①I565.84

中国版本图书馆 CIP 数据核字(2011)第 256547 号

苦儿流浪记

《青少年经典阅读书系》编委会 主编

策划编辑 李佳健

首都师范大学出版社出版发行

地　　址 北京西三环北路 105 号

邮　　编 100048

电　　话 68418523(总编室)　68418521(发行部)

网　　址 www.cnupn.com.cn

印　　厂 汇昌印刷(天津)有限公司

经　　销 全国新华书店发行

版　　次 2012 年 7 月第 1 版

印　　次 2023 年 10 月第 6 次印刷

书　　号 978-7-5656-0598-7

开　　本 710mm×1000mm　1/16

印　　张 10

字　　数 111 千

定　　价 25.00 元

总　序

Total order

被称为经典的作品是人类精神宝库中最灿烂的部分，是经过岁月的磨砺及时间的检验而沉淀下来的宝贵文化遗产，凝结着人类的睿智与哲思。在滔滔的历史长河里，大浪淘沙，能够留存下来的必然是精华中的精华，是闪闪发光的黄金。在浩瀚的书海中如何才能找到我们所渴望的精华——那些闪闪发光的黄金呢？唯一的办法，我想那就是去阅读经典了！

说起文学经典的教育和影响，我们每个人都会立刻想起我们读过的许许多多优秀的作品——那些童话、诗歌、小说、散文等，会立刻想起我们阅读时的那种美好的精神享受的过程，那种完全沉浸其中、受着作品的感染，与作品中的人物，或者有时就是与作者一起欢笑、一起悲哭、一起激愤、一起评判。读过之后，还要长时间地想着，想着……这个过程其实就是我们接受文学经典的熏陶感染的过程，接受文学教育的过程。每一部优秀的传世经典作品的背后，都站着一位杰出的人，都有一个高尚的灵魂。经常地接受他们的教育，同他们对话，他们对社会与对人生的睿智的思考、对美的不懈的追求，怎么会不点点滴滴地渗透到我们的心灵，渗透到我们的思想和感情里呢！巴金先生说：“读书是在别人思想的帮助下，建立自己的思想。”“品读经典似饮清露，鉴赏圣书如含甘饴。”这些话说得多么恰当，这些感

总 序

Total order

受多么美好啊！让我们展开双臂、敞开心灵，去和那些高尚的灵魂、不朽的作品去对话，交流吧，一个吸收了优秀的多元文化滋养的人，才能做到营养均衡，才能成为精神上最丰富、最健康的人。这样的人，才能有眼光，才能不怕挫折，才能一往无前，因而才有可能走在队伍的前列。

“首师经典阅读书系”给了我们一把打开智慧之门的钥匙，会让我们结识世界上许许多多优秀的作家作品，会让这个世界的许多秘密在我们面前一览无余地展开，会让我们更好地去感悟时间的纵深和历史的厚重。

来吧！让我们一起品读“经典”！

国家教育部中小学继续教育教材评审专家
中国教育学会中学语文教学专业委员会秘书长 苏立康

丛书编委会

阅读导航

埃克多·马洛（1830—1907），著名的法国现实主义小说家，是以写情节剧小说而闻名世界的作家之一。

马洛出生于法国的一个公证人家庭，父亲一心希望儿子能继承他的事业，于是马洛从青年时期就开始学习法律。毕业后，进入一家法律事务所工作，但是他的兴趣并不在法律，而是热衷于文学创作。于是，他转行到法国的《民族舆论》报工作，撰写一些文学评论。不久，他开始创作小说，很快就成为颇受欢迎的知名作家。1859年，马洛创作了他的第一部小说《情人们》并获得了成功，从此，他笔耕不辍，为读者奉献了一部又一部的小说。

马洛是一位多产作家。他一生写了70多部小说，而且都十分畅销，其中有长篇小说《爱情的牺牲品》、《罗曼·卡尔布利奇遇记》，也有儿童小说《孤女寻亲记》和《苦儿流浪记》。

《苦儿流浪记》以跌宕起伏的悬念、生动离奇的情节向我们讲述了苦儿雷米的生活经历，塑造了一个意志坚强、品质善良的少年形象，读后让我们在为他的悲惨遭遇而流泪的同时，更为他不屈不挠的精神所感动。

小男孩雷米原本与养母过着幸福的生活，在他八岁那年，由于生活所迫，养父巴伯兰把他卖给了一个叫维泰利斯的流浪艺人。雷米跟着维泰利斯师傅四处卖艺，尝尽人间冷暖，后来，师傅不堪命运的摆布，冻死在一个风雪之夜；雷米被花农收留，过上了幸福平安的日子，可不久花农家也遭到了不幸，雷米又一次被抛入流亡的生活中；为了生活，他下矿井干活儿，险些丧命；为了寻亲，他踏上异国土地，屡经危险……然而，正是这一次次生活的磨炼，雷米逐渐成长为一个坚毅勇敢的男子汉。最终，他如愿以偿地收获了自己的爱情、亲情与财富。

《苦儿流浪记》问世后，曾被译成英、美、德、日等多种文字，受到各国读者的喜爱。它生动的情节、曲折的故事，让人们久久难忘。

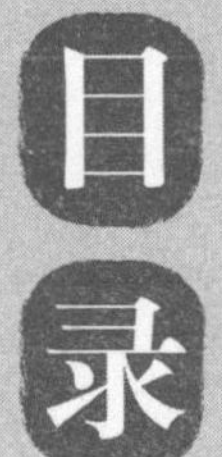

第一章

爸爸的回来，打破了雷米和妈妈平静的生活。这到底是怎么一回事呢？

雷米家很穷，但这次无论如何也要给巴黎做工的爸爸寄点儿钱去。因为有人给他和妈妈捎来了消息，爸爸巴伯兰在做工的时候被倒塌的脚手架砸伤，但包工头不愿意给抚恤金，他需要一些钱和他们打官司。可是刚给爸爸寄过钱，他又来信说：“这点儿钱怎么够用？如果钱已花光，就该卖掉牛来筹足钱数！”

揭露了当时社会人性丑陋的一面。

信中话语透露着巴伯兰自私、无情的性格。

然而，对于农民来说奶牛却是宝中之宝啊。一个农民不管他穷到什么地步，只要他的牛棚里还有一头奶牛，他一家就不会受饥挨饿。多亏了这头奶牛，雷米和妈妈才可以艰难度日。可是现在却不得不和奶牛露赛特分手。只有“卖奶牛”才能满足巴伯兰的要求啊！

反映了当时社会农民生活的贫困现状。

几天以后，牛贩子来了，他打量着露赛特，不满意地说：“这牛太瘦了！没什么奶，用它的奶做的黄油也不会好。不过，看在你们都是些和气的人，我就买了它，就算是帮你们的忙了!”

牛的悲鸣与沉重的步子写尽了主人与它的深情和对生活的无奈。

牛贩子付了钱，准备牵走露赛特，可是它一动不动，嘴里发出“哞哞”的悲鸣声，似乎在哀求妈妈和雷米不要卖掉它。

“请你绕到后边抽它几下。”牛贩子把树枝递给雷米说。

“那不行!”巴伯兰妈妈说。

她牵着牛，轻轻地说：

“露赛特，我们也是没办法啊！你就走吧!”露赛特好像听懂了主人的话一样，迈着沉重的步子跟着牛贩子走了。

雷米和妈妈眼里噙满了泪水，悲伤地望着他们远去，直到看不见了，还呆站在那里。

卖掉露赛特不几天，狂欢节就到了。往年过节，巴伯兰妈妈总是给雷米做好吃的，不是油煎鸡蛋薄饼，就是炸糕。而今年没有露赛特了就没有牛奶和黄油了，再也不会有狂欢节了。

巴伯兰妈妈给了雷米最无私的爱，这里是雷米不管流浪到何处都最怀念的家。

可是，巴伯兰妈妈却给了他一个惊喜，尽管她是个不愿东讨西借的人，这次为了雷米，她却朝这家要杯牛奶，朝那家讨块黄油。中午回家时，雷米发现她正在往盆里倒面粉。

“哟，面粉?”雷米惊讶地叫着，走了过去。

“是啊，我的小雷米，还是精白面粉哩！我知道你盼着过节，所以我想了点儿办法。你打开桌上的篮子看看。”妈妈微笑着说。

雷米掀开盖子，马上发现里面有牛奶、黄油、鸡蛋和三个苹果。

“妈妈——”雷米感激地叫了一声，倘若有勇气的话，他真想问问弄这些面粉来是准备干什么的。可是，如果一提到狂欢节，巴伯兰妈妈心里肯定会不好受的。

体现了雷米心思的缜密和对巴伯兰妈妈深深的爱。

“雷米，帮妈妈把牛奶拿出来，再在碗里打个鸡蛋。”

两个人开始忙了起来。妈妈把牛奶和打散的鸡蛋倒在面粉里和好，放在热灰上烘着，等到晚上，发酵好的面团渐渐鼓起了一个又一个快要裂开的小泡，散发出鸡蛋和牛奶浓郁的香味。妈妈吩咐雷米把火生好，自己把奶油倒在锅里。

“吱——”锅底发出了清脆的响声，就像是一阵阵欢快的音乐。不一会儿，被炉子里的火焰照得通明的屋子溢满了香味。

比喻的使用充分表达出了雷米与巴伯兰妈妈此时的无比幸福，营造出了家中的轻松愉悦氛围。

雷米聚精会神地看着妈妈摊煎饼，肚子早就咕咕叫了，他使劲儿咽了咽口水，却没有出声。他知道，要想煎出好吃的饼，这时候是绝对不能被打搅的。可是，门外突然响起了沉重的脚步声，接着是“咚咚咚”的敲门声。

忙着摊饼的妈妈以为是邻居来借火的，头也没回，就问："谁啊?"

只听见"咚"的一声，门被撞开了，一个男人闯了进来。透过火光，雷米看见他手里拿着一根木棍。

形象鲜明地表现了巴伯兰粗暴的人物性格。

"这里正在过节呀？哼，真会享受!"他粗声粗气地嚷道。

"哎哟，我的主啊!"巴伯兰妈妈惊叫了起来，她顾不上擦擦沾在手上的面粉。一把抓住雷米的胳膊，把他推到那个男人面前，催促他叫爸爸。

雷米走过去，刚轮到要去亲他的时候，他却用木棍把雷米一挡。"这就是那个累赘吗？我不是让你把他送走吗?"

"累赘"准确地表达了雷米在巴伯兰心中的地位。

没等妈妈解释，巴伯兰举着木棍，向雷米逼近，吓得他直往后退。

巴伯兰的木棍没有落下来，他只是上下打量了雷米一下，鼻子里"哼"了一声，这才转过身，对妈妈说：

"我看你们正在过狂欢节呀！我的肚子正饿得咕咕叫呢！你做了什么晚饭?"

"煎了些薄饼。"妈妈顺从地答道。

"我早看见了。不过，我步行了十里路，你总不能只让我吃薄饼吧?"

他抬起头，发现大梁上挂着几串大蒜头和洋葱头。"四五个洋葱头，加上一块黄油，我们就有好汤喝了。"妈妈没有回嘴，便按照丈夫的吩咐做起了晚饭。她把薄饼从锅里拿出来，用准备煎饼的黄油做了洋葱汤，饭刚

巴伯兰妈妈是个典型的贤惠农村女性。

一好，那男人就立刻狼吞虎咽地吃了起来。

望着餐桌旁埋头吞食的男人，雷米有点儿惶恐，他畏畏缩缩地躲在墙角，连晚饭都没心思下咽了。“难道这个冷酷无情的人就是我日夜思念的爸爸？”雷米想着，忍不住偷偷瞧了爸爸一眼，发现爸爸也正用冰冷的眼光看着他。与爸爸四目相对的时候，雷米赶紧垂下头。

“小鬼，你肚子不饿吗？”爸爸突然用手中的勺子指着雷米的盘子发问道。

“我——我不饿。”雷米感到一阵紧张，吞吞吐吐地回答。

“那就去睡觉吧！快去，要不，当心我揍你！”

巴伯兰妈妈给他递了个眼色，意思是要他服从。雷米逃也似地进了自己的房间躺下，可是，他怎么也睡不着：这就是他日夜想念的爸爸吗？他为什么对自己这么凶呢？

过了一阵子，雷米听见沉重的脚步声，由远及近地走向他的床头。他马上辨别出这不是妈妈。

“他睡着没有？”有人压低了声音问。

雷米听出是爸爸的声音，不敢应声，“当心我揍你”的可怕话语，还在他耳边回荡。

“他睡着了。这孩子头一靠着枕头就会睡着的，他总是那样。你尽管说好了，他听不见的。”巴伯兰妈妈又接着问道，“你的赔偿金拿到了没有？”

“官司输了！法官判我不该待在脚手架下面，我一

“狼吞虎咽”将巴伯兰的无情充分展现。

对雷米失望与怀疑的情绪与心理的描述非常准确、生动。

“畏畏缩缩”、“躲”、“垂”等词语的使用生动表现出了雷米的恐惧。

这是当时社会黑暗、不公平的写照。

分钱也没拿到。打官司的钱也白扔了，人也残废了，回来又看到家里多了这么个累赘。你倒说说，为什么不照我说的去做？”

“再怎么说也是我把他养大的，我怎么舍得啊？”

雷米无意间听到养父母的对话，让他的身世逐渐浮出水面。同时，巴伯兰妈妈的善良与巴伯兰的无情也形成了鲜明的对比。

“他又不是你的孩子，难道你能赚钱养活他吗？”

“可要是他父母来要人，该怎么办呢？”

“他父母！他有父母吗？有的话，早该找上门来了。八年啦，如果想找早该找到啦。当初我就不该把他捡回来，看他小时候裹着漂亮的、带花边的被子，还以为他出生在一个有钱人家里，就盼着他的父母亲有一天会带着钱上门来报答咱们的抚养之恩。我真蠢，可能他父母已经见天主去了。”

听到自己是个孤儿，雷米的心“怦怦”跳了起来。他屏住呼吸，静静地听着父母的对话。

妈妈似乎有些生气了，她急促地说：“巴伯兰，你从巴黎回来后怎么整个人都变了！”

“能不变吗？现在我成了残废，不能干活儿，家里一分钱都没有，奶牛又卖掉了。养活我们自己都是个问题，哪还有能力来抚养一个不是我们亲生的孩子！明天我就到村里去办手续，把他送到孤儿院去！”爸爸没好气地说完，就推门出去了。

听到沉重的关门声，雷米忍不住坐了起来，叫道：“妈妈！妈妈！”

妈妈急忙奔到雷米的床边。

“不，雷米，妈妈不会送你走的。”

雷米流着眼泪点了点头。

妈妈紧紧抱起了雷米，并告诉了雷米一切：雷米是八年前巴伯兰去上班时捡回的弃婴。当时，他看到雷米穿着镶有绸边的衣服，猜想他是出生于上流社会的婴儿，只是因为有什么不可告人的秘密才被抛弃的。他想着哪天雷米的父母一定会找上门来，重金酬谢他们，所以才收留了雷米。可是已经过去八年了，也不见雷米的父母来。因此巴伯兰决定把雷米送进孤儿院。

对雷米的身世背景的推测为后面剧情的发展埋下了伏笔。

雷米抓住妈妈的衣襟，苦苦哀求妈妈不要送他去孤儿院。

妈妈搂着雷米，安慰他说，一定会想办法把他留下的。她亲了亲雷米的头，给他盖好被子，出去了。

雷米心里一时无法平静下来，怎么也睡不着。他想不通，这么疼他的巴伯兰妈妈，竟然不是自己的亲生母亲！那么，谁是自己的亲生母亲呢？她应该不会有巴伯兰妈妈这么好吧，因为绝不可能有比这更好的妈妈了。可是，雷米马上又开始担忧起来，温柔的妈妈能劝阻粗鲁的爸爸别把自己送到孤儿院去吗？如果真的被送进了孤儿院，村里的小孩儿就会嘲笑他。别的孩子常常追逐他们，就像人们为了取乐而追赶一条迷路的野狗一样。迷路的野狗是没有任何人保护的。想到这里，雷米怎么也睡不着。巴伯兰快要回来了。还好，他没有回来得像雷米想的那样快。在他回来之前，雷米已经睡着了。

儿童心理世界的复杂而幼稚被细致地呈现。尤其是雷米对孤儿院生活的想象极为形象。

情境赏析

雷米与养母本来过着贫穷但快乐的日子，但随着养父做工负伤、打输官司回家，雷米的生活发生了急剧的变化。随着雷米身世之谜的揭开，雷米面临着被养父送进孤儿院的危机。

随着故事在开篇的推进，作者通过对文中人物动作、语言、神态、心理等的细致、生动描述，将主要人物的性格特征清晰展现出来：善良、贤惠的养母，粗暴、无情的养父，懂事、孝顺的雷米。与此同时，文章用雷米的身世悬疑吸引读者带着浓厚的兴趣继续阅读下去。

名家点评

我带着埃克多·马洛的《苦儿流浪记》爬到围栏式铁床上学起来。这个故事我记得很熟，一半靠死记硬背，一半靠连蒙带猜，反正我一页接着一页地往下念，等念完最后一页，我已经学会念书了。

——（法）萨特

第二章 偶遇维泰利斯

雷米和爸爸遇到了一个老公公，他和爸爸谈了些什么呢？

可能是在忧伤和恐惧中整整睡了一夜。天刚亮，雷米的第一个动作就是摸摸床铺，看看四周，确定自己是否还在妈妈家里，还好，他没有被送到孤儿院。

整个上午，巴伯兰一句话也没有跟雷米说。雷米思忖着爸爸可能已经放弃了要送他上孤儿院的打算了，暗自松了一口气。可是，十二点的钟声刚刚敲过，巴伯兰对雷米说："戴上鸭舌帽跟我来！"

雷米惊骇不已，慌忙把眼睛转向巴伯兰妈妈，希望她能救救自己。可妈妈却悄悄地向雷米示意，意思是让他顺从爸爸；同时她又做了个手势，安慰雷米不要害怕。

雷米只好提心吊胆地跟在巴伯兰后面出门了。

"他要把我带到哪儿去呢？"一路上，雷米心里七上八下的，四处张望，寻找着逃跑的机会。开始时，爸爸只是叫雷米紧紧跟着他走。过了一会儿，他可能猜到了雷米的心思，便抓住了他的手腕拖着他走。

当他们经过咖啡馆的时候，站在门口的一个汉子叫了一声巴伯兰，邀请他进屋。

“噢，这可是咖啡馆，圣母院旅游馆的咖啡馆呢。”雷米心中渐渐轻松了下来，这个地方可是他早就渴望进来瞧上一瞧的，现在终于如愿以偿了！

坐定之后，雷米环顾了一下四周，发现在他对面的一个角落里，坐着一个身材魁梧的白胡子老头。

那老头的长发如灯草一般披在肩上，头上戴着一顶装饰着红红绿绿羽毛的灰色高毡帽；上身穿一件紧身翻毛老羊皮袄。这件羊皮袄没有袖子，肩窝的两个开口处，露出两条套着天鹅绒衣袖的胳膊；一副没膝的羊毛大护腿，上面扎了几条红绸带子。老头身边有三条狗，躲在他的椅子底下，挤在一起取暖，一动不动。模样既狡猾又可爱，其中一只全身的毛纯白，头上戴着警察帽，最引人注目了。

雷米正好奇地注视着这个老公公的时候，巴伯兰已经和咖啡馆老板小声地说着什么。

巴伯兰告诉老板说他要去见村长，请求村里出面向孤儿院申请一份抚养雷米的津贴。

雷米听了心里很高兴，这肯定是妈妈争取的结果。

这时，坐在那个角落里的老公公开口了，他说巴伯兰是不可能拿到雷米的抚养费的。巴伯兰立即嚷嚷着说如果拿不到钱，他就把雷米送进孤儿院。

老人沉吟了一会儿，说如果巴伯兰把雷米租给自己，不仅可以摆脱累赘，还可以得到一笔可观的收入。

“租给你？你有什么用处？”

巴伯兰感到有点儿意外，禁不住脱口问了问。

老公公站起来朝这边走了走，一屁股坐到了巴伯兰的对面，微笑着说：“我叫维泰利斯，是个玩杂耍的，我常年带着我的狗和猴子去各地演出，以卖艺为生。我希望这个小孩也能加入我们的行列。”

雷米听了，顿时害怕极了。原来他是人贩子，要把自己和妈妈分开，带到很远的地方去！他用哀求的目光看了看爸爸，祈祷着爸爸不要答应老公公。

可巴伯兰显然对天上掉下来的这笔横财很感兴趣，他丝毫不理会雷米的心情，而是兴致勃勃地和老人商议起了雷米的价格。他坚持要一年四十法郎的租金，老人一口回绝了。

巴伯兰遭到拒绝，觉得很没趣，犹豫了一会儿，说：“你租他，到底要他做什么啊?”

“也没什么，就是给我做个伴。人老了，心情不好的时候让他陪我聊会儿天，帮我解解闷。还有就是学会跳舞、翻跟斗，在我的戏班子里当个小丑。我的狗和猴子都很聪明，有了小丑的陪衬就更显得它们聪明了。如果你愿意，现在我就给你表演一下。”

老人离开他的椅子，一屁股坐到巴伯兰的对面。怪了！当他站起来的时候，他的羊皮袄里有个东西在动弹，好像在他左胳膊下面也藏着一条狗似的。

雷米正在猜想这是什么动物，就听见巴伯兰大叫了一声，“哎哟，一只丑猴!”

“这是心里美先生，它可是我戏班子里的第一名角儿。”维泰利斯说道，“心里美，我的朋友，快向各位行个礼。”

那只叫心里美的小猴子熟练地把一条腿放在嘴唇上，向大家抛了一个飞吻。

“现在，”维泰利斯用手指着白鬈毛狗接着说，“卡比先生荣幸地将它的朋友们介绍给在座的贵宾。”

听到这道命令，一直待着不动的鬈毛狗猛地爬了起来，用两条后腿竖立着，前腿交叉着放在胸前，向它的主人深深地鞠了一躬，头上的那顶警帽差点儿贴到了地面。

礼仪完毕，卡比转向同伴，举起了一只爪子，招呼它们过来，另一只爪子仍旧放在胸前。

目不转睛地看着卡比的另外两只小狗，这时也立即用后腿站立起来，各自伸出一条前腿，就像上流社会的人们握手一样。它们庄重地向前迈出六步，又往后退了三步，向观众们致敬。

“卡比这个词，”维泰利斯继续说，“是意大利语卡比达诺的缩写，是一条领头狗的名字，因为它最聪明，所以由它来传达我的命令；这位黑毛风雅的年轻人，叫泽比诺先生，是位风流才子，从各方面来讲，这个雅号它都当之无愧；这位体态端庄的小人儿是道勒斯小姐，一位英国的迷人姑娘，我就是和这些名流在一起才得以走遍世界的。”

咖啡馆里顿时热闹了起来，人们饶有兴致地观看着表演。雷米更是吃惊地瞪着眼睛，简直不敢相信眼前的一切是真的。

老人看了看一脸诧异的雷米，略带讥笑地说：“卡比，劳驾，请你告诉这个小男孩儿，现在是几点钟了。你看，他的眼睛睁得像鸡蛋一样大，正看你呢。”

卡比立刻放下交叉的双腿，走到它的主人身边，翻开羊皮袄，在主人羊皮袄的口袋里搜了一遍，掏出一块银质的大怀表。它看了看表盘，非常清晰地叫了两声，声音清楚而有力，接着又细声细气地叫了三下。

时间正好是两点三刻！

“好！”维泰利斯说，“谢谢你，卡比先生，现在，请你和泽比诺先生邀请道勒斯小姐跳绳。”

卡比立即从它主人上衣的口袋里抽出一根绳子，然后向泽比诺打了个手势，泽比诺很快站到它的对面。卡比将绳子的一端朝泽比诺扔去，它们俩一本正经地开始摇起绳子来了。

当甩圈的动作趋于有规律的时候，道勒斯小姐——那条灰色的狗开始跳了，它一边凝视着老公公，一边有节奏地跳着。

“嗯，训练得真不错啊！”大家鼓掌称赞。

维泰利斯又说：“瞧，我的徒弟是一个比一个聪明。但是有了洼地才能显现出高山的巍峨。所以我的戏班中缺少一个傻瓜的角色来衬托他们的聪明，这就是我要这个男孩儿加入我戏班子的原因。他若是个聪明的孩子，他会懂得跟着维泰利斯先生，他将有幸到处游历，走遍法兰西和其他十个国家。那不是比在孤儿院里干重活儿，吃不饱睡不好强多了吗？”

听到这话雷米才醒悟过来，原来自己要被爸爸卖给老公公，急忙央求起老公公放过自己。

“闭嘴，臭小子！你再胡说，小心我揍你！”巴伯兰吼道，伸手就要打雷米，维泰利斯老公公赶忙拦住：

“别打孩子，让他先到院子里玩玩吧！”

“那好吧，你在院子里好好待着别乱跑，不然我要是生气了，要你好看！”巴伯兰余怒未消，用吓人的声音警告着雷米。

雷米逃也似地走到院子里，可是他没有心思玩耍，心里乱糟糟的，便坐在一块石头上陷入了沉思。此时此刻是决定他命运的时候，他的命运将如何呢？寒冷和忧虑使他浑身发抖。

维泰利斯和巴伯兰之间的交易持续了很久，一个多钟头过去了，还不见巴伯兰到院子里来。雷米终于看见他来了，只有他一个人。

“走！跟我回家去。”巴伯兰面无表情地招呼他。

“回家！那么，我不会离开妈妈了吗？”雷米暗暗想着，默默跟在巴伯兰后面走着。一路上，他真想问问巴伯兰和老公公谈话的结果，但一看到巴伯兰那铁青的脸，还是没有勇气出声。

在到家前十分钟左右，走在前面的巴伯兰忽然转过身来，拧着雷米的耳朵狠狠地说道：

“小心点儿，你要是把今天的事儿告诉你妈妈，我就要你的命！”雷米揉着疼痛的耳朵，吸着气，拼命地点了点头。

一回到家，巴伯兰妈妈就迎了上来，关切地问今天的事儿办得怎么样了。

“我们没去村公所。路上遇到一个老朋友，聊天耽搁时间了。明天再说吧！”巴伯兰漫不经心地挥了挥手答道。

尽管进门前巴伯兰威胁雷米不要说出今天的事，但他仍想和巴伯兰妈妈单独待上片刻，说一说心中的疑惑。可是整个晚上，巴伯兰没有离开过家一步。结果直到上床，雷米也没有找到合适的机会。

第二天，雷米醒来后没见到巴伯兰妈妈，却见到了自己不想看见的维泰利斯老公公。

第三章 痛苦的离别

雷米的爸爸把雷米卖给了耍把戏的维泰利斯。可怜的雷米哀求维泰利斯不要将他带走。

看到了维泰利斯公公，雷米就已经知道自己的命运如何了。他想向妈妈求助，可妈妈早就被巴伯兰打发到村子里去了。所以唯一的希望就是维泰利斯先生能够大发善心。

反映了雷米对巴伯兰丑恶人性的清醒认识，也从侧面表现出了雷米对客观世界冷静的认知和理智的分析能力。

“啊，善良的先生!”雷米喊着，“求求您，别把我带走，千万别把我带走啊!”说完放声大哭起来。

“得了，我的好孩子，”维泰利斯和蔼地对雷米说，“你跟着我，不会受苦的。第一，我从不打孩子；第二，我那聪明有趣的徒弟会陪伴着你。你昨天都已经见过它们了。它们很有趣，不是吗？你还有什么可担心的呢?”

巴伯兰厌恶地大吼着让雷米住嘴，举起棍子就要打他，被维泰利斯老公公拦住了。

老公公把八个五法郎面值的钱币往桌子上一摆，巴伯兰一下子全划拉到了口袋里。交易就这么结束了，维泰利斯转身问清雷米的名字，便去拿雷米的衣服催促他跟着自己上路。

“一下子”、“划拉”两个词精练、传神地将巴伯兰的自私、贪婪、无情生动展现。

雷米不肯走，他想留在妈妈身边，他不住地哀求维泰利斯，希望老公公能够仁慈地让他留下来。可是他不但不回答雷米，反而紧紧捏住了雷米的手腕。

“一路平安！”巴伯兰喊了一声就回屋了，口袋里的银币发出哐当哐当的响声，他听到这悦耳的响声心满意足地笑了。

“啊！可爱的家！我就要离开你了，还有我那温柔慈祥的妈妈。”当雷米迈出门槛的时候，觉得身上像是有一块肉被割了下来般疼痛！

“妈妈！巴伯兰妈妈！”雷米忍不住声嘶力竭地呼唤，可是没有任何回音，他的喊声只能淹没在“呜呜”的哭声中了。

唉！一切都完了！必须上路了。

雷米的心碎了。他怀着绝望的心情，跟在维泰利斯身后。维泰利斯似乎懂得雷米此刻的心情，所以走得很慢。

或许小时候的维泰利斯也有类似悲伤的经历吧。

他们走的那条路，呈“之”字形沿山盘旋。每到一个拐弯，雷米总要回过头去看，他瞥见巴伯兰妈妈的家变得愈来愈远，也愈来愈小了。对于这条路他是无比熟悉的，只要走到最后一个拐弯处，然后在平坦的高地上再走几步，就彻底和那一切分离了，什么也瞧不见了。迎接他的将是一个没有家，没有妈妈的陌生世界，一想到这些雷米的心就隐隐作痛。

这一段缓慢爬山路的描写将雷米的悲伤与动作融为一体，使读者读到每一字每一句都感觉心情沉重。

幸好山路很难爬。他们爬呀爬，爬了好长一段时间后才爬到了山顶。

一路上，维泰利斯像是害怕雷米逃跑似的，总是紧紧地牵着他的手。

在雷米的一再请求下维泰利斯终于放开了手。

可是，维泰利斯马上给卡比使了个眼色，卡比立刻紧紧跟在雷米身后，它是防止雷米逃跑的，如果雷米想要逃走，卡比会狠狠咬他的大腿。

雷米无奈地走到长满青草的山顶护墙上坐了下来，泪眼蒙眬地寻找着巴伯兰妈妈的家。

巴伯兰妈妈的家坐落在山谷中，旁边是一片片草地和树林，此时看上去孤零零的烟囱里升起一缕缕黄色的炊烟。

这段风景的描写映衬了雷米孤单、无助的心情。

突然，在从村子到家里的一段路上，雷米远远望见有一顶白色的女帽，在树林中若隐若现，就像是一只阳光下的浅色蝴蝶，在林间快乐地飞来飞去。

“啊，妈妈，是妈妈呀！”

雷米的心怦怦直跳。他极力朝家的方向张望着。他看见妈妈的身影消失在家门后，但立刻又出来了！只见她伸出胳膊，把手拢在嘴边，像是在呼唤什么。她从院子跑到田园，又从田园跑回屋子，这样跑了好几个来回，最后，颓然地垂下头，坐在门前的石头上。

连续的三个“跑”的使用描写出妈妈找不到雷米之后的焦虑与不安。“颓然”和“垂下头”则表现了妈妈找不到孩子的沮丧、悲伤和绝望。

“妈妈一定是在找我！”

雷米不由得俯下身子，用尽全身力气大声呼唤：

“妈——妈——！妈——妈——！”

“你怎么啦？”维泰利斯听见雷米忽然这样大声地呼唤，很惊讶地问，“你疯啦？”

雷米没有理会，只是目不转睛地遥望着巴伯兰妈妈。隆起的山头挡住了他的声音，妈妈根本听不到雷米的呼唤。

雷米的几次呼唤与妈妈的焦急寻找，将离别的悲伤进一步提升。

妈妈再次穿过院子回到路上，向四周张望，发疯似的到处寻找着他。

雷米又一次呼唤起来：

“妈——妈——！妈——妈——！”

依旧是白费力气，他的声音传不了那么远。

这时，维泰利斯也爬上了护墙。他一下子就发现了那顶白色女帽，忽然明白了一切。

叹息又有什么用呢？穷苦人的命运从来都不是自己能够主宰的。

“唉，可怜的小家伙！”他摇摇头，低声叹息道。

这种同情的叹息声让雷米觉着事情似乎有了转机，“啊，求求您！放我回家吧！”他禁不住又一次哀求老公公。

“你歇也歇过了，”他又抓紧雷米的胳膊，继续说，“该上路啦，孩子！”

雷米想挣脱，却被他紧紧攥住。

“卡比！泽比诺！”他喊着。

两只狗立即奔上来，一前一后围住雷米。不管愿意还是不愿意，现在雷米只能跟他们走了。

他们翻过了山头，再也看不见山谷，再也看不见雷米的家。悲伤和绝望再一次涌上雷米的心头，泪水模糊了他的视线。

下了山坡，前面是一望无际的荒野。这里没有房屋，也没有行人，他们只能沿着荒野中的一条道路向前行进。

“雷米，”维泰利斯这时候放开了雷米的手腕，温和地说，“你难过，我能理解。但孩子，你想一想，妈妈虽然爱你，可是她能赚钱养活你吗？况且你爸爸成了残废，没法维持生计，你只能被送到孤儿院。到时你会挨饿，会受别人的欺负。你爸爸并不像你想象中的那么冷酷无情，只是因为家里太穷了。他现在连自己都顾不上，靠什么来养活你呢？何况他们只是你的养父母而已，我带你出来，并不是一件坏事，你要懂得：有时候生活就是一场搏斗，人在这场搏斗中是不可能永远称心如意的，会有许多令人痛苦和悲伤的事情。可是，我们必须拿出勇气来面对它，这样，将来才能成为一个伟大的人。”

维泰利斯的开导对雷米的生活起到了很重要的指引作用。他教会了雷米如何勇敢地生活，对雷米日后性格的养成起到重要作用。

这话听起来似乎是挺有道理的，可是雷米一想到再也看不见妈妈了，就心如刀绞，这种生离死别的痛苦憋得他透不过气来，任何话语都无法消除掉这一事实带来的悲伤。不过他也渐渐原谅了卖掉自己的养父。

这种忧伤的气氛一直笼罩着雷米，他们也不知道走过多少片荒野又经过了多少块荒地，即使小雷米感到无力迈腿时，还是坚持着跟在师傅的身后。

反映出雷米坚强的性格。

“你的木鞋怪累人的，”一直和动物们亲密交谈的维泰利斯转过身，看着疲惫的雷米说，“到了于塞尔，我给你买双皮鞋。”

“皮鞋？”这句话给了筋疲力尽的雷米很大的鼓舞，他不由得抬起头，睁大眼睛看着维泰利斯。要知道，在村子里，他一直羡慕村长和旅店老板的儿子有皮鞋穿。

维泰利斯笑着点点头，他答应雷米给他买一双鞋底上打钉的皮鞋，还有一条丝绒短裤，一件上衣，一顶帽子。

鞋底上打钉子的皮鞋！这个许诺使雷米高兴得忘记了刚才的悲伤。

蓝盈（yíng）盈：形容蓝得发亮。

这时候，原本蓝盈盈的天空慢慢布满了灰褐色的乌云，不一会儿，下起了连绵不断的细雨。

维泰利斯穿上老羊皮袄，身子裹得严严实实的。他把心里美藏了起来，一看到雨点，这只机灵的小猴子就迅速钻进它的藏身处，只有雷米和狗还淋着雨。不一会儿，他们就被浇透了。湿透的衣服贴在雷米身上，越来越重，也越来越凉，他冷得直打哆嗦。

"你看上去很疲倦，今天我们不走了。那边有个村庄，我们在那儿过夜。"

人们的态度刻画了人情的冷暖与世态的炎凉。

村子里没有旅店，也没有人愿意接待叫花子一样的人，因为他的身后跟着一个孩子和三条满身污泥的狗。

老公公挨家挨户地恳求："能不能借宿一晚，即使是仓库的一角也好。"

"我们这儿不是旅馆。"人们总是这样说，然后"砰"的一声把门关上了，还有很多村民连门都不给他们开。

天完全黑了，雨点冰冷冰冷的。雷米的两条腿已经像木头一样僵硬，他十分担心今晚师傅找不到歇脚的地儿。不过还好，最后有一家农户终于肯让他们在谷仓住上一晚。“只是不准点火!”说完把维泰利斯身上的火柴拿走了。

这样，连湿衣服都没办法烤干了。雷米只得吃了一些师傅带在身上的干面包，穿着湿漉漉的衣服钻进枯草堆里，身子冻得不停地发抖。

冷酷现状与温暖回忆的对比，让雷米更加悲伤，也对妈妈更加思念。

夜深人静，雷米却没有丝毫睡意，饥寒交迫又使他想起了巴伯兰妈妈和家的舒适温暖。尽管早已疲惫不堪，可他越发睡不着了。

“雷米，你冷吧?”维泰利斯问。

“有点儿冷。”

维泰利斯解开背包，拿出一件干的衬衫和背心叫雷米换上，叫他钻到羊齿叶里去，笑着说：“我敢保证，不一会儿，你就会暖暖和和地睡着了。”

然而，雷米没有像维泰利斯说的那样很快睡着了，他在枯草上翻来覆去睡不着，妈妈的身影总是浮现在脑海里。

“亲爱的妈妈，我再也见不到你了吗?以后，我是不是每天都要在雨中赶路，啃干面包?没有人怜惜我，疼爱我?我真是一个可怜的人!”

一连串的问号加强了雷米的悲伤之情。

雷米越想越伤心，不禁流下了眼泪。

突然，一股热气吹过他的脸颊。

雷米伸手一摸，原来是毛茸茸的卡比。

它悄悄走到雷米的身边，轻轻地嗅着他，亲热地舔着他的手，用它那温暖的呼吸吹拂着雷米的脸颊和头发，卡比的举动给了雷米莫大的安慰。

对卡比动作的细致描写，将雷米感受到的温暖与安慰充分展现，这也反衬出雷米离开妈妈之后的强烈孤独感与莫大悲伤。

雷米被这种热情感动了，卡比半坐半卧着，亲他冰凉的鼻子。卡比低声地叫了一声，又将它的爪子放在雷米的手掌中，就再也不动弹了。

来自伙伴的安慰让雷米忘却了疲劳和悲伤，哽住的喉咙松开了。他对自己说：

“是啊，我并不是孤身一人呢，瞧，我还有一个朋友做伴哩！”

一种找到朋友的幸福感油然而生，雷米沉醉其中，不久就酣然入睡了。

情境赏析

养父瞒着养母把雷米卖给了维泰利斯。雷米带着无限的悲伤，痛苦而沉重地拖着步子缓慢离开家门。雷米的依依不舍与养母发现雷米不见了的焦急、悲伤在细腻的语言、行动描写中被生动呈现，也让这章一直蒙在一种沉重窒息的悲伤感情之中。离开妈妈的雷米难以入睡，对其真切、细致的心理世界的描写让读者完全沉浸在他的悲伤与思念之中，好在小狗卡比的温暖暂时让他忘记了孤独与悲伤，可以酣然入睡，暂时结束这一天的悲伤了。

名家点评

《苦儿流浪记》不仅在情节上和人物悬念上具有当时流行的情节剧特色，它还同情节剧一样，有着一支主题歌。马洛成功地把这支主题歌铸进了弃儿雷米的性格与形象之中，使它成了这部小说不可分割的一部分，也使这部小说具备了音乐感染力。

——鲁迅

第四章 愚笨的仆人

维泰利斯师傅带着雷米进行了第一场演出，雷米扮演了什么角色？他成功了吗？

雷米穿上了维泰利斯给他新买的蓝色丝绒上衣、毛料裤子和一双打了鞋钉的皮鞋，还戴了一顶毡帽。为了让雷米与众不同，维泰利斯用剪刀在长裤的膝盖处剪了一刀。

雷米的长裤只有膝盖那么长，维泰利斯用红细绳子在他的小腿上交叉绑上几道，把他的长筒袜扎牢；又在他的毡帽上扎了几根绸带，又用毛线做成的一束花做点缀。维泰利斯觉得这样可以刺激观众的好奇心。

被装扮好的雷米自认为妙极了，他的朋友卡比对他细看一番之后，满意地向他伸出了前爪。

“一切都好了，咱们要开始工作了！”维泰利斯等雷米戴上帽子后对他说，“明天是赶集的日子，你将要参加我们盛大的演出。”

“啊，我可不会演！”雷米惊慌地叫了一声。

“正因为如此，所以由我来教你。你就叫我师傅吧。卡比他们都是经过苦练才学会这套本领的。你也一样，要学会扮演各种角色，就必须勤学苦练。”

“我们将要演的戏，剧名叫《心里美先生的仆人》。”维泰利斯接着说，“剧情是这样的：心里美先生身边一直有一位满意的仆人卡比。可卡比老了，心里美想重新再雇用一个。卡比负责寻找，但找来找去找到的不是一只狗，而是一个乡下小孩，他名叫雷米。你就演这个孩子，从乡下来伺候心里美的，你要演得像个什么也不懂的男孩，让它觉得你像傻瓜。”

雷米万分不愿意让猴子来愚弄他，可是师傅下了命令，要他装扮成仆人，听吩咐摆好餐具，他只得遵从。

雷米弯下腰来看着桌子上的餐具，伸出两只胳膊，张着嘴，不知道该从哪里做起。他的师傅拍手大笑。

“妙！妙！实在是妙极了！”维泰利斯连连说道，“你演得很好。你的动作、你的傻气实在逗人。要想成功，你必须忘记自己在演戏，这样才真实。”

《心里美先生的仆人》不是一出重头戏，演出不超过二十分钟，排练却花了近三个小时。同一个动作，维泰利斯让雷米和狗不断地重复。

师傅态度温和并且很有耐心，真使雷米有点儿吃惊。他一点儿也不像那些村子里的人，那些人驯养牲口使用的唯一手段就是辱骂和鞭打。

而维泰利斯呢，马拉松式的排练不管进行到什么时候，他也决不生气，从不咒骂。

临睡前，师傅安慰雷米说：“一切都会顺利的，你很聪明，更可贵的是你专心。只要专心，什么事都能成功！”可雷米还是很担心明天的演出，心里七上八下的。好不容易入睡了，又梦到捧腹大笑的观众，他们在拼命嘲弄他。

黎明马上就到了。他们就要离开客店去广场演出，雷米的心情紧张极了。

维泰利斯走在前面，他昂首挺胸，用两只胳膊和脚打着拍子，用金属短笛吹起华尔兹舞曲。

卡比跟在维泰利斯后面，悠然自得的心里美骑在它背上，今天的心里美是一副将军打扮，穿着一身镶有金边的红上衣和红裤子，头戴双角大羽毛帽；泽比诺和道勒斯在中间并排前进。

雷米在队伍最后面压阵。

师傅的短笛唤起了于塞尔市民的好奇心。人们纷纷跑到门口，看着他们列队通过，有几个孩子还好奇地跟在后面。当他们抵达广场时，已被众人团团围住。

他们用一根绳子系在四棵树上，腾出一块长方形空地，这就是舞台了。

演出的第一部分是狗的各种不同的把戏。

维泰利斯放下短笛，操起提琴，为小狗们伴奏。人们的欢呼声一阵又一阵地响起。

第一个节目演完后，卡比用牙齿叼着小木碗，在"贵宾们"面前转圈子领赏钱。要是钱币没有落进木碗，它就刹住脚步，将木碗伸到圈外手够不到木碗的人群面前。对于那些不肯轻易掏钱的观众，卡比也有它的一套，它前腿扑在他们身上，汪汪地叫上两三声，并在它想打开的口袋上轻轻拍几下。随着周围观众的叫喊声和起哄声，那些小气鬼们的钱币就只好落在碗里。

卡比衔着装满钱币的木碗得意地回到主人身边。

接下来轮到雷米和心里美上场了。

维泰利斯一手拿弓，一手拿琴，边比画边向观众介绍说接下来将要表演的是喜剧《心里美先生的仆人》。他奏着军乐，宣布心里美先生——一位在印度战争中升官发财的英国将军——登场。到今天为止，心里美先生唯一的一个奴仆就是卡比。可这位将军现在想找一个“人”来侍候自己。

心里美将军嘴里叼着雪茄烟，踱着方步，等候着仆人的到来，它往观众脸上喷烟圈的模样迎来了阵阵喝彩声。不一会儿，将军等得不耐烦了，像一个快要大发雷霆的人，转动着大眼珠子，龇牙咧嘴，捶胸顿足。

雷米在卡比的陪同下出场了。将军走到他的鼻子尖下打量着，在他周围转来转去，轻蔑地耸耸肩膀，像是在质问它的忠实仆人卡比：“怎么，这就是你给我找的新仆人?”

它神态相当滑稽夸张，逗得众人哈哈大笑。雷米却呆呆地站在心里美面前，大大地张着嘴巴，像一个十足的大笨蛋!

在长时间地审视雷米以后，将军让他为自己准备午饭。

雷米在一张小桌前坐下，餐具已经摆好，餐巾放在餐盘里。卡比示意雷米使用餐巾。

雷米寻思了半天，最后用餐巾擤了擤鼻涕。

将军见此情景后捧腹大笑，卡比瞧着雷米的愚蠢举动，耸了耸肩，摇摇头，仰天摔了一跤。

雷米发觉自己搞错了，于是他再次察看餐巾，心里嘀咕：到底是干什么用的?他灵机一动，终于计上心头：他将餐巾卷起来，做了条领带。

将军又“扑哧”一声笑了，卡比又摔了一跤。

雷米——这个新仆人的蠢笨终于让将军发怒了，它抢走雷米的椅子，坐到他的位子上，把餐巾的一角挂在军礼服的纽扣上，又往膝盖上一铺，潇洒而高雅地把它的午餐吃了个精光。饭后它拿起牙签，利索地剔起牙来。

这一连串的举动产生了意想不到的喜剧效果，暴风雨般的掌声从四面八方响起，演出圆满结束。

回到旅店，维泰利斯向雷米表示祝贺。雷米非常高兴，他已经成为一个出类拔萃的滑稽演员了。

在于塞尔停留了三天之后，他们重新上路了。

雷米大胆地问师傅他们要去哪儿，维泰利斯说："我们先到奥里亚克，然后动身去波尔多，再从波尔多向比利牛斯山进发。"

雷米很惊讶师傅知道那么多地方。师傅告诉他说是从书上看来的。如果雷米愿意的话，他可以教雷米念书。雷米高兴地答应了，并说自己一定会用心学的。

第二天他们赶路时，师傅俯身在路旁捡了块满是尘土的小木板。

他们很快走进了树林。雷米坐在遍地都是雏菊花的草地上，心里美纵身跳到一棵树上，使劲儿摇动树枝，非要打下几个核桃不可。几只狗倦了，安详地围卧在他们的周围。

维泰利斯从袋子里取出一把刀子，从木板上割下薄薄的一片，磨得光光的，然后把薄片割成大约十二个大小相等的小方块，并在每一个小方块上刻上一个字母。师傅让雷米先学会字母，然后再用字母组成单词，以后组成句子就能读书了。

雷米的口袋里很快就塞满了小木块，勤奋好学的他也很快掌握了字母。

"在戏里，你要演得比动物还笨，这样才能够吸引观众。"维泰利斯说，"但是在现实生活中，你就要变得很聪明，这才是真正的生活。"维泰利斯总是这样鼓励雷米。

渐渐地，雷米学会了念书。

“现在你已经能够读懂文字了，”维泰利斯对他说，“你还想识谱吗？”

“我懂了乐谱后也能像您一样唱歌吗？我太喜欢听您唱歌了！”

说话的时候，雷米用眼睛望着维泰利斯，他似乎看见师傅的眼睛被泪水封住了。雷米以为自己的话让师傅伤心了，于是就不再说了。

“不，我的孩子，”他激动地说，“我没有伤心。恰恰相反，你勾起了我对青年时代那美好时光的回忆。放心吧，我一定教会你唱歌。你有一颗善良的心，你的歌也会让人感动的，你也会受到欢迎的……”

他突然闭口不说话了。雷米猜想也许他不愿意在这个话题上多说什么，但是他弄不懂其中的原因。

第二天，师傅用小木块给雷米做了乐谱。

一切准备就绪后，就开始上课了。雷米总是学不好。说实话，音乐课并不比阅读课容易，甚至还要难一些。

为了能尽快学会识谱，整整几个星期、几个月，雷米的口袋里常常装满了沉沉的小木块，并在中途休息的时候抓紧时间学习。经过不懈的努力，雷米终于学到了一些东西，同时几个月的奔波劳碌也使他适应了长途旅行。现在，他经过露天生活的磨炼，胳膊和腿变得强壮有力了，身体变得像盔甲一般坚实。他已经能够忍受寒冷和炎热、日晒和雨淋、饥饿和劳累。

这一段学徒生活对雷米来说是一种巨大的幸福，也是一笔巨大的人生财富，在后来的生活里不止一次地帮助他经受住了落在心头上的沉重、致命的打击。

第五章

夜宿石洞

师傅和雷米在演出时，遇到警察的刁难，师傅服从了吗？之后他们又遭遇了什么事情？无助的雷米遇到船主人后被收留了吗？

波城的冬天是寒冷的，可是这里的人却是热情的。尤其是孩子们，他们对雷米和动物们的节目百看不厌，并且总是在出门前用口袋装满小点心，慷慨地分给雷米和小动物们。最重要的是给他们带来了源源不断的收入。

冬去春来，风和日丽，他们的观众变得稀少起来。等到演出一结束，孩子们走上来，不止一次地与心里美和卡比握手。这表示他们是来告别的，明天将再也见不到他们了。不一会儿，广场上就只剩下孤零零的师徒几个了。

在这种情况下，雷米和师傅被迫又开始了长途跋涉，去过冒险的流浪生活。

一天晚上，他们来到位于河边的一个大城市。师傅告诉雷米图卢兹到了，他们要在这里住一些日子。在靠近植物园的城区，有茵茵的草坪和绿树，这是个非常好的休闲场所，他们就在这儿安顿下来。首场演出之后，观众如潮水般涌来。

不幸的是，在这条马路上值勤的警察可不太喜欢狗，也许他认为雷米他们妨碍了自己的工作，所以，他一看见戏台就很反感，硬要把他们从林荫道上轰出去。

维泰利斯虽然是个穷困的杂耍老人，但他却认为，只要自己的一举一动不触犯法律或警察的规章，他就应当受到保护。因此，他拒绝服从警察的命令。

“代表当局的赫赫有名的老爷，”维泰利斯摘下帽子向警察深深施礼，问道，“您是否可以向鄙人明示当局颁布的严禁江湖艺人在公共场所卖艺的禁令呢？”

警察瞥了老人一眼，说他不屑争辩，只要他们绝对服从。

“我当然会服从您的命令，只要您能告诉鄙人，您是依据哪一条规定向鄙人发号施令的。”维泰利斯申辩道。

警察无话可答，调转屁股走了。

但是，第二天警察又闯进来了。他跨过围在场地四周的绳子，站在场地的中央，对师傅说：“你应该给狗套上嘴套！”口气十分强硬。

这时正在演出的剧目叫做《服泻药的患者》。这个滑稽剧在图卢兹是首次上演，观众都在目不转睛地看戏。警察的干涉引起了大家的一阵阵议论和抗议。

只见维泰利斯摘下毡帽，走到警察面前，深深鞠了一躬，说道：“给狗套上嘴套？如果像您说的那样，在卡比医生的鼻尖上套上了嘴套，那么，这位举世闻名的卡比大夫怎么为不幸的心里美先生开出排胆汁的处方呢？”

维泰利斯的话音刚落，围观的人群中间立刻爆发出一阵大笑声。他们的笑声表示了他们对老人的支持。

心里美站在警察背后，有时做鬼脸，有时学警察将胳膊交叉放在胸前，那副怪相让人们看了笑得更开心了。

警察被维泰利斯和观众的嘲笑激怒，突然把脚跟向后一转，准备离开。

可他转身时，却发现心里美叉着腰站在那里，完全是一副斗牛士的样子。警察和畜生四目相视了好几秒钟，似乎要比一比谁先垂下眼皮。观众中间爆发出了难以抑制的笑声。

“明天还不把狗嘴套起来，”警察举起拳头威胁他们，狂叫着，“我就控告你们！”说完，他就迈着大步走远了，维泰利斯恭恭敬敬地弯了弯腰，然后若无其事地继续进行演出。

晚上，雷米看见师傅并没有去买嘴套，甚至闭口不谈他和警察之间的纠纷，于是壮着胆子和师傅谈起了白天的问题。

“放心吧，我自有办法对付他，他想控告我，门儿都没有！明天你和心里美先去，把绳子拉好，用竖琴弹上几个曲子，我带着狗随后来。我要让这位警察大人出出洋相，让观众们开心开心，顺便替我们挣上一笔可观的收入！哈哈，有好戏看啰！”

雷米明白自己不可能让师傅放弃他的那个小插曲，只好服从他的吩咐。

第二天，雷米来到演出场地，拉上绳子。刚演奏了几段，观众就从四面八方蜂拥而来，把场子周围挤得水泄不通。人们都怀着一颗好奇心，急着要看看师傅捉弄警察的好戏，他们不停地打断雷米的演出问他那个意大利老头会不会来。

雷米只好一次次地安慰着急的观众说师傅马上就来。

可首先到来的不是师傅而是警察。心里美一眼就瞥见了他。它学着警察的样子，双手叉腰，向后仰着脑袋，直僵僵地反弓着背，在雷米周围转悠，神气活现的姿态实在可笑之极。观众哄笑不绝，掌声不断。

警察一下子慌了手脚，他在绳子前踱来踱去，时不时用目光斜视雷米。那冷峻的目光让雷米不寒而栗，总觉得有一个不祥的结局在等待着他们。旁边的心里美并不明了事态的严重性，它仍然一个劲儿地用出色的模仿秀来戏弄警察，滑稽的模样使观众的笑声一浪高过一浪。

雷米打心眼儿里不愿意把警察惹急了，于是呼唤心里美，让它安静下来。但心里美可不是那么听话的，它觉得这样的表演实在是好玩极了，况且为它带来了观众对自己的赞誉，越发不肯停下来，继续在那儿转悠着。雷米正要逮它，它一溜烟跑开了。

气糊涂了的警察以为是雷米在怂恿猴子，他一跃跨过了绳子，两步冲到雷米跟前，一个耳光把雷米打翻在地。

这时，维泰利斯已经站在雷米和警察中间，他攥住警察的手腕子。

“不许打孩子！”他说，“您的行为真卑鄙！”

警察竭力挣脱，维泰利斯攥紧不放。两人四目相对，目光相遇达数秒钟之久。

警察气急了，猛一下挣脱开来，揪住师傅的衣领，用力往前一推。这一推使维泰利斯差点儿跌倒在地。他立刻站起来，举起右手朝警察的手腕上猛击了一下。

警察立刻把维泰利斯铐上了，说要带他去警察局。

维泰利斯没有答理他，转身对雷米说：

“你回旅店去，和狗一起待着，我设法带消息给你。”

来不及说别的话，师傅就被警察押走了。

雷米怀着一颗忧伤不安的心，带着动物们回到了旅店。

离开了师傅，雷米真的不知道该怎么生活，离别使他感到了巨大的痛苦。这段时间以来，雷米和师傅形影不离，感情逐步加深。师傅的体贴与怜爱温暖了雷米的心。现在，他怎么能不痛苦呢？

雷米在焦虑中度过了两天，不敢迈出旅店院子的大门，心里美、狗和雷米一样地悲伤和不安。

第三天，有人给雷米捎来了维泰利斯的一封信。

雷米用颤抖的手打开了信封。在信里，师傅告诉雷米因侮辱及殴打警察罪，他将被判刑两个月并罚款一百法郎。他让雷米勇敢地克服一切困难，并交代他继续在旅馆住下去，住宿费等他出狱后会结清的。

雷米的眼泪夺眶而出："两个月的离别！我该怎么办？我能到哪儿去呢？"

雷米伤心地回到旅店，眼睛也哭红了。老板站在院子门口，用眼睛盯着他，问他师傅上哪儿去了。一听说雷米师傅被抓了而雷米没有钱，老板立刻赶他们走：

"别指望我发慈悲让你继续住下去。带上你那几只狗，还有猴子，走吧！另外，你得把你师傅的包儿留下，他出狱时会来找的，到那时我们再结账。"

雷米发现任何哀求都没有用了，他只好走进旅店的牲口棚，解下狗和猴子的链子，扣好背包的纽扣，把竖琴背在肩上，走出了旅店。师傅被抓进了牢房，他必须承担起一切。

狗跑得很快，它们不时转过身来抬起头看看雷米。坐在雷米小包上的心里美也时常拉雷米的耳朵，又搓着自己的肚皮。看它们那种神情，不用说就知道它们早已饥肠辘辘了。

雷米也和它们一样饿得发慌，他连午饭也没有吃，但又有什么法子呢？师傅被带走的时候还没来得及把随身携带的钱包交给他。现在，雷米口袋里只剩下十一个苏了，只够他和小动物们吃一顿饭的。

他把这顿饭安排在中午，这样早晚都不至于太饿。

可是，当他们差不多走了两小时后，几只狗又用哀求的眼光看着雷米，心里美更是使劲儿地揪雷米的耳朵，把自己的肚皮拍得直响。没有办法，雷米只好走进他们遇到的头一家面包铺，买了一磅半面包。

雷米把面包往胳肢窝里紧紧一夹，一声不吭地走出了店铺。那几只狗欣喜若狂，在他周围欢蹦乱跳，心里美拨弄着雷米的头发，轻轻地叫唤着。

他们来到一棵树下，雷米学着师傅的样子，尽量把面包切成同样大小的五份。为了避免浪费，他一小块一小块地分发。

趁着大伙儿吃面包的时候，雷米觉得有必要让大家知道面临的艰难处境。他表情严肃地对朋友们说：

"亲爱的伙伴们，现在我有一个不幸的消息要向你们宣布：我们的师傅要离开我们两个月！"

"呜！"卡比哼了一声。

"这对我们大家来说都是件伤心的事儿。一直以来，都是师傅在抚养我们。没有他，我们就一贫如洗！现在，我们的全部财富就只有三个苏了，我们大家只好饿着肚子，用智慧和勇气赚钱。我请求你们听话，不要捣蛋。"

说完，雷米背起竖琴，继续赶路。他们必须设法为今晚的住宿或者明天的午饭挣上几个钱。

大约走了一个小时，他们终于来到一个村庄。雷米选了一个小广场，为演员们一一梳妆打扮后便开始了表演。可不一会儿就遭到了乡警的轰赶，雷米只得逃离了村庄。几只狗跟在雷米后面，垂头丧气，它们似乎也懂得了刚刚遇到的厄运。

雷米和他的伙伴们走了一里又一里，太阳已经下山了，肚子饿得咕咕叫，他们还没有找到可以睡觉的地方。后来，他们离开大路，走进乱石之中，发现了一块巨大的花岗石竖在那里，看上去，它的底部像个洞穴，上部似屋顶。风将干枯的松树叶刮进山洞，做成了一张厚厚的软床。这是再好不过的住处了。

为了可以安心睡觉，雷米安排卡比守夜。卡比真是好样的！它像哨兵一样，待在洞穴外站岗放哨。心里美靠着他，裹在他的上衣里，泽比诺和道勒斯缩成一团，蜷卧在他的脚边，他却无法马上入睡，忧虑始终超过了疲劳。一想到明天也可能像今天这么不顺利，雷米摸着口袋里仅有的三个苏，觉得自己可怜极了，他再也控制不住自己，伤心地哭了起来。

一阵热气掠过他的头发，他猛一下转过身。原来是卡比，它那湿润的、热乎乎的大舌头舔着雷米的脸颊。它听见他的哭声，过来安慰雷米。

“谢谢你，好卡比！”雷米紧紧地搂着卡比的脖子，心里渐渐温暖起来。

第二天，天大亮了雷米才醒来。周围草木散发的香气仿佛让雷米积聚起了力量。

“先花掉这三个苏，以后我会努力赚钱的。”雷米暗下决心。

他们一行走进村子，老远就闻到了热面包的香气，因为他们太饿了！

三个苏的面包使每位成员只分到小小的一片，大家很快就吃完了。

为了能让今天的午饭有着落，雷米吸取了昨天的教训，谨慎地选择表演的场地，防止警察坏了他们的好事。

正当他一心寻找场地的时候，突然背后传来叫喊声：

“抓小偷！”

雷米回头一看，见一个老太婆正追赶泽比诺，它的嘴里叼着偷来的肉。

“抓小偷！把他们统统抓起来！”老太婆声嘶力竭地喊着。一听到最后这句话，雷米害怕了，万一把他交给警察，既要吃官司，又要给老太婆赔肉钱，这可该怎么办？他身上可是一分钱都没有！这样一想，雷米就拔腿跑了起来。卡比和道勒斯也紧紧跟在雷米的后面，心里美更是死死搂着他的脖子，唯恐被摔个四脚朝天。

他们一口气跑了好几里路，眼前忽然出现了一条很宽的河流，周围是茂盛的草木。这时他们再也跑不动了，都停下脚步来。

又累又饿的雷米和他的伙伴们瘫坐在草地上，卡比和道勒斯满面愁容，心里美一个劲儿地作怪相。这时候雷米突然想到了维泰利斯讲过的故事，说在打仗的时候，如果奏起音乐，士兵们听着愉快的曲子，就会消除疲劳。

雷米拿起竖琴开始演奏舞曲，一支接着一支。一开始，演员们似乎是无动于衷。一会儿，它们被雷米的音乐感染了，慢慢尽情地欢跳起来。

突然，雷米清晰地听到一个孩子声音：“好！”雷米扭头一看，只见一艘漆着“天鹅号”三个大字的白色航船向他们驶了过来。

喝彩声是一个和雷米年龄相仿的男孩儿发出的，他正躺在睡椅上，旁边一位神态高贵的年轻夫人站在游廊前端的凉棚下，凉棚上覆盖着各种藤蔓。

这时，夫人操着浓重的外国口音请雷米再奏一支曲子。

雷米重新拿起竖琴，开始演奏华尔兹舞曲，卡比、泽比诺和道勒斯踏着拍子旋转起来，接着是心里美的独舞。躺在睡椅上的小男孩儿对他们的表演表现出极大的兴趣，但他只是直挺挺地躺在那里为他们使劲儿鼓掌。

夫人给了雷米一些赏钱，并邀请他们上船来玩。

于是，雷米抱着心里美来到男孩儿身边，三只狗也跟了上来。

“猴子！猴子！”男孩儿兴奋地叫了起来。雷米看到他竟被绑在一块木板上。

夫人询问雷米的情况，雷米向她叙述了维泰利斯入狱的事，又把这些天所遭受的苦楚一五一十地讲给她听。

听了雷米所叙述的一切，小男孩儿充满同情地说：“你们一定饿极了吧！”

听到这话，狗汪汪地叫了几声，猴子发疯似的摸肚子。

“妈妈！”男孩儿喊了一声。

夫人心领神会，她用外国话吩咐一个女仆摆好饭菜。

“孩子，请坐下。”夫人对雷米说。

雷米顾不得礼节，就把琴撂在一边，很快地在餐桌前坐下，那几只狗围在他的周围，心里美坐在他的膝上。他给每只狗一块面包，它们立即狼吞虎咽地吃了起来。心里美可不用他照顾，早就抓起一块馅饼皮，躲在桌子底下吃得快噎死了。

夫人看着他们狼吞虎咽的样子很可怜，就说：“如果你不介意可以跟我们一起旅行，这样你们就不必四处流浪了。而且我的儿子阿瑟也非常需要你们，他得了重病，只能躺在一块木板上。你们可以帮助他打发这些寂寞的日子。”

雷米听了这一建议，心里非常激动。他简直说不出话来，握着夫人的手吻了又吻，表示感谢。

这时，夫人吹响银哨子，船接到了指令就立即出发了。

第六章

雷米在米利根夫人的收留下度过一段十分快乐和宁静的生活。然而，两个月以后，师傅回来了，雷米又将怎么办呢？

简单的文字精练地将阿瑟的背景、经历清楚地做了交代。此处提到的阿瑟叔叔也是一位与雷米身世有关的重要人物。这段介绍为以后情节的开展做好了铺垫。

这艘船叫“天鹅号”，是阿瑟的母亲——米利根夫人专门请人为他造的。阿瑟一出生，父亲就弃他而去了，留下了一大笔遗产。所以阿瑟的叔叔巴不得体弱多病的阿瑟早点儿死去，但在母亲悉心的照料下，他却活了下来。但他只能躺着不动，也不许下地，阿瑟得的这种病叫“髋关节结核”。跟阿瑟相比，雷米就幸运多了。尽管过了一段饥寒交迫的流浪生活，但最终还是遇到了好心的米利根夫人。雷米住的房间宽一米半，长两米，小巧玲珑，里面设施很齐全，漂亮而洁净。雷米觉得非常舒适。

这一夜他睡得很香。

第二天早上，雷米很晚才起来，叫起了心里美它们，来到甲板上。这时阿瑟也被人抬了出来，他的母亲在他身边，雷米彬彬有礼地问候他们，便召唤他的伙伴，准备给阿瑟进行表演，但被夫人制止了。

“请先把狗和猴子带开，阿瑟要学习了。”她对雷米说。

雷米遵照她的嘱咐，带着他的戏班子走到船头上。

“总是……，不是……就是……，有时……这个复杂的句式，囊括了阿瑟学习中的几种主要错误，还富有层次感，将阿瑟学习的窘况准确而生动地表现了出来。

雷米听得出，夫人教阿瑟背的是寓言《狼和小羊》。故事很短，妈妈念完就让阿瑟背。

阿瑟总是背不好，结结巴巴的，不是漏字就是加字，有时还想不起来。她母亲温和而又严格地说：

“阿瑟，你要好好背诵啊！”

“妈妈，我是病人，我背不会。”

“不，虽然你的身体不好，但你的脑子没问题，你只要用心就可以背会的。我不希望你借口有病，就在无知中长大。你背会了才可以跟雷米和他的狗玩！”

自信是提升学习能力的关键。

阿瑟抽抽噎噎地哭了起来，雷米走过去对他说：

“我给你讲讲好吗？”

“你会讲？你怎么会讲啊？”他吃惊地说。

“我刚才专心地听您妈妈讲了。”雷米说。

阿瑟的脸红了，他感到很难为情。

雷米开始向他讲解自己背书的过程，他教阿瑟边背边在脑子里想象书中的情景，这样就不会忘记了。阿瑟试着用雷米教给他的方法，不到一刻钟，就把寓言故事全记住了。

雷米真是个爱学习、聪明而又乐于助人的人。

“妈妈，故事我会背了，是雷米教我的。”不一会儿，阿瑟就把这个好消息告诉了米利根夫人。

米利根夫人诧异地瞧着雷米。她正要问雷米，阿瑟就兴致勃勃地背诵起了《狼和小羊》，背得非常顺畅，一个字也没漏。夫人听了，感激地凝视着雷米，亲切地握着他的手，说：

“你真是个好孩子！”

雷米积极、上进的生活态度，扭转了自身的社会地位。

从那天起，雷米不再是一个地位低下的流浪艺人，他成了阿瑟的朋友。他们俩就像是亲如手足的兄弟，不曾发生过任何争吵。善良的米利根夫人更是把雷米当成自己的孩子。

现在，雷米过着他有生以来最幸福、最快乐的日子。他再也不用为一日三餐而发愁了，每天睡着柔软的床铺，下雨时就和阿瑟、米利根夫人在暖洋洋的炉火前看书或听夫人讲故事。从早到晚，雷米时刻感到生活是那么惬意、舒适和充实。

雷米很羡慕阿瑟，不是为他的财富，而是他妈妈对他全身心的爱。这种情景有时会让他感到突然的孤独。

舒适的生活并没让雷米忘记师傅，反映了雷米与师傅间感情的无比深厚，也映衬出雷米重感情的人物性格。

幸福的日子过得真快，师傅出狱的日期快到了。他们离开图卢兹越远，雷米的心思就越沉重。他可能要和米利根夫人、阿瑟分别了。这件事一直困扰着幸福的雷米。

一天，雷米向米利根夫人打听，问她需要多少时间才能返回图卢兹。他打算去接师傅出狱。阿瑟不愿意了，他嚷着请妈妈留下雷米。米利根夫人真心喜欢雷米，她决定写信给维泰利斯师傅请他来塞特，她将和他商量，如果师傅愿意让雷米留下，她再写信征求雷米父母的意见——在夫人看来，父母的意见当然是应当征求的。

征求父母的意见！

雷米心里一阵紧张，那些秘密将会真相大白——他是个弃儿。这样一来，阿瑟和夫人都不会再要他了——

因为阿瑟怎么可能跟一个弃儿玩耍呢?

雷米悲伤地想着，有些茫然不知所措。

米利根夫人感到很疑惑，希望他说话。可是雷米不敢回答她的问题。她以为是师傅即将到达的消息使他如此激动，所以她不再坚持问雷米了。

信发出三天之后，米利根夫人收到了复信。维泰利斯在寥寥几行的信中说，他荣幸地接受米利根夫人的邀请，他将于下星期六下午乘火车到达塞特。

雷米得到米利根夫人的允许后，便带着狗和猴子前往车站去接师傅维泰利斯。

几只狗深感不安，它们似乎已经预料到了什么，雷米的心在“怦怦”地跳着。这是决定他命运的时刻呀!他不愿意让维泰利斯说出他是个弃儿的秘密。

火车已经进站。雷米突然觉得被往前拉了一下，几只狗已经跑到维泰利斯面前。师傅穿着平日的服装，出现在雷米面前。狗欢叫着，奔跑着，围着主人乱蹦乱跳。卡比一下子跳到主人的胳膊上，泽比诺和道勒斯抱住主人的腿不放。

久别重逢的喜悦，通过对动物的描写被很有画面感地表现了出来。

雷米也走上前去。维泰利斯放下卡比，把他搂在怀里，破天荒地第一次吻了雷米，嘴里连声说:

“你好!我可怜的小宝贝!”

师傅从来没有对雷米这样亲热过。他的举动深深打动了雷米的心，雷米不禁热泪盈眶，心中一阵酸楚。师傅似乎衰老了很多，脸色苍白，连嘴唇都没有一丝血色。

“热泪盈眶”与“酸楚”准确表达出了雷米的高兴与感动。而对师傅面部的描写则是映衬出了雷米对师傅的关爱。

来到米利根夫人家，维泰利斯叫雷米带着狗和猴子等在外面，自己进了夫人的房间。

雷米很听话，坐在旅馆门口的长凳上等候，几只狗守在他周围。

“去和那位夫人告辞，”师傅回来了，他对雷米说，“我在这里等你，十分钟后我们就走。”

雷米惊呆了。师傅根本就不同意他留下来。

“怎么？”他等了等说，“你没有听懂我的话吗？干吗站着不动？快！”

听见师傅第一次用这样粗暴的口气跟自己说话，雷米不明白为什么，他站起来，木然地服从了。

木然：一副痴呆不知所措的样子。

“我需要你，你也需要我，因此我不准备放弃你，快去快回吧！”师傅稍微和缓地对雷米解释说。原来是这样！听到这些雷米的精神稍加振作。他还以为师傅已经把自己的身世说给夫人和阿瑟听了。

雷米走进米利根夫人的卧室，只见阿瑟在哭，他的母亲正俯身安慰他。

“雷米，你不走，对吗？”阿瑟大声问。

是米利根夫人替雷米作了回答，说他应当服从主人的命令。

“他是个坏人！”阿瑟嚷嚷着。

“不，维泰利斯不是坏人。”米利根夫人接着对雷米说，“我认为他是真正疼爱你的，他回答我说拒绝的原因是‘我爱这个孩子，孩子也爱我。我让他待在我身边，接受生活严峻的考验，这要比让他在你们家过那种仆童的生活更好’。”

米利根夫人转述的维泰利斯的话表明了维泰利斯是真正关心雷米成长的人。也表现出了维泰利斯对雷米的发自内心的爱。

“反正他不是雷米的爸爸！我不愿意让雷米走。”阿瑟嚷嚷道。

“是的，雷米不是他的儿子，可他是雷米的师傅，雷米是属于他师傅的。雷米应当跟他师傅走，不过我希望他走的时间不要长久，我将写信给他的父母，和他们商量。”

“哦，别商量了，我求求您。”雷米哀求道。

“你父母在夏凡侬，对吗？”她问道。

雷米没有回答她。他走到阿瑟跟前，把他搂在怀里，亲啊亲啊，把对他的全部友情都倾注在亲吻中。然后，雷米走到米利根夫人面前双膝下跪，捧起她的手，吻了又吻。

深厚的感情无法用语言表达，完全融入到了这一连串的动作描写之中。

“可怜的孩子！”她弯下身子说，亲了亲雷米的额角。

米利根夫人的这一举动让雷米想起亲爱的巴伯兰妈妈。也许有一天我会重见巴伯兰妈妈，那将是一件多么美好的事啊！但我不能再叫她“妈妈”了，因为她不是我的亲生母亲。我注定是孤独的，即使遇到了善良的米利根夫人和阿瑟，现在也必须和他们分别。

对雷米心理的描写映衬了雷米对巴伯兰妈妈无时无刻不在的爱，以及离开妈妈的悲伤。

情境赏析

雷米的旅程在本文中过得快乐、安宁。雷米与米利根夫人、阿瑟一家人就像亲人一般生活了一段时间。不过，出狱的师傅毫不犹豫地将雷米从“安乐窝”中带走，重新走上了未知的旅程，因为他要将雷米在严峻的生活中锻炼得坚强，这样雷米以后才能在任何困难面前勇敢、坚强地独自生活下去。这反映了师傅对雷米深沉的爱，也让师傅追求活得有尊严、有骨气的人物个性更加鲜明。另外，本文通过对雷米教阿瑟学习的描写表现出了雷米聪明好学的性格，也从侧面鞭挞了让雷米失去受教育权利的残酷社会现实。

名家点评

读者的心灵将在小说的哪个段落上颤动，作者也总是恰好在这个段落上举起他的指挥棒，让你听到小主人公唱主题歌时柔和而凄凉的童音。

——（苏）高尔基

第七章 遭狼偷袭

暴风雪的夜晚，雷米和师傅在窝棚中过夜，这一晚又发生了什么事情呢？

离开米利根夫人，雷米的生活恢复了原样。这一变化是残酷的，因为一个人对于幸福和舒适的生活很容易习惯，反过来则很难适应。所以，在漫长的旅途中，雷米不止一次地回首翘望，尽情地想念着“天鹅号”游船上的日子。啊，那是多美好的日子！

所幸的是，师傅比以前更加和蔼了，这对雷米来说真是莫大的鼓舞。

天气逐渐变得恶劣，冬季日益逼近。雷米他们时常都是冒雨前进，又湿又冷，从来没有睡过一个安稳觉。维泰利斯想尽快赶到巴黎，因为只有在巴黎，他们才有在冬天演出几场的机会。可是，因为袋里钱少，他们不能坐火车，只能徒步行走。

一天夜里，他们到了一个村庄的旅店。吃过晚饭，师傅对雷米说：

“快睡觉吧，明天一早我们就要启程，我担心遇上暴风雪的袭击。”

第二天，天还没亮，雷米就起来了。天空黑暗阴沉，没有一颗星星。他们准备出发的时候，旅店老板对他们说：

“改天再走吧，眼看要下雪了。”

“不，我们想在下雪之前赶到特洛伊。”维泰利斯说着把心里美藏在他的短外套里，带着他的表演班上路了。

天气越来越冷了，他们沿途经过的地方，景色凄凉。天空布满了大块的乌云，一切预示着他们将面临一场暴风雪。

果然，不一会儿，纷纷扬扬的雪花在天空打起旋儿来。

“我们不可能赶到特洛伊了，”维泰利斯说，“我们必须到前面的人家去躲一躲。”

可是他们能看到的，只是一片广阔的荒芜的林中空地，几米远之外的景物已变得模糊不清。大雪连绵不断，密密匝匝地越下越大，道路不一会儿就被覆盖了。

突然，顺着维泰利斯手指的方向，雷米模糊地看到林中空地上有一间用树枝搭成的窝棚。他们赶紧走下壕沟，很快就走到了那间窝棚跟前。

窝棚用柴捆和树枝搭成，顶上铺有枯枝，密密实实的，雪一点儿也钻不进去。里面的陈设极其简陋，里边有一个五六块砖头垒起的炉子。赶快生火！他们从墙壁上、屋顶上小心翼翼地抽出几根树枝，不一会儿，炉子里燃起了熊熊的烈火，发出噼噼啪啪的欢叫声。

师傅把早上准备好的食物拿了出来，一个大面包和一小块奶酪。他把整块面包分开，只给了他们一半，他对大家说他们说不定会被困在这儿一两天，只能先吃一点儿，这个理由得到了雷米的理解。可是，他的话丝毫没有打动狗的心肠。它们发现主人把面包装进了口袋，就向他伸出爪子，搔他的膝盖，一个劲儿要他打开口袋拿出面包。但是，任何哀求和亲热的表示都没有用，口袋甭想打开。

尽管吃得不多，但这顿饭还是帮助他们振作了精神。有了住宿的地方和暖烘烘的火炉，他们就静静地等候大雪停下来。

三条狗围着火炉安顿下来，都蜷缩成一团歇息了。它们有的躺着，有的侧卧着，卡比的鼻子伸在炉灰里，都睡着了。

雷米迷迷糊糊地睡了一觉。睁眼醒来往外面一看，雪已经停了。堆在窝棚前的雪层也厚了许多。

几点钟了呢？雷米不好意思问师傅。在第戎镇的时候，师傅把他的那只银怀表卖了，为雷米买了件羊皮袄和各种各样的东西。可四周一片平静，无法给他们指明确切的时辰。

雷米正在沉思时，师傅说：

“照我看，雪很快又要下了，我们不该冒冒失失上路，不如在这儿过夜好了，至少我们的脚是干的。”

吃晚饭的时候，维泰利斯把剩下的面包分成六份给了他们。真遗憾，面包少得可怜！卡比看到面包已经吃完，也叹了一口气就在火炉旁躺下了。

雷米裹在已经烤干的老羊皮袄里，用一块扁平的石头作枕头，在炉火边躺了下来。

“睡吧！”维泰利斯对他说，“等我想睡时再喊醒你。睡在这小窝棚里，用不着怕猛兽和盗贼，不过我们当中总得有人看住火。否则雪一停，会冷得要命。我们还是小心为妙啊。”

没等师傅再催第二遍，雷米早睡着了。

当师傅叫醒雷米时，夜很深了，雪也停了，火还在燃烧着。

“这回该轮到你了，”维泰利斯对他说，“你不断往火里添柴就行，我已为你准备了一大堆木柴。”说完，维泰利斯便往火炉旁一躺，把心里美贴在胸口。不一会儿，他就酣然入梦了。

于是雷米把三四根木柴交叉搁在火上，就放心地坐在当枕头用的石头上，兴致勃勃地望着跳动的火光，可久而久之倦意又慢慢袭来，他不知不觉地迷糊起来了。

突然，一阵狂吠声把他从睡梦中惊醒，雷米听出了是卡比的声音。可奇怪的是，泽比诺和道勒斯却没有回应。

“出了什么事？”师傅惊叫起来，他命令雷米赶快添柴烧火，又拿起一枝燃着的木条，举在手里。“走，去看看。”他说。

他们刚要出去，一阵骇人的嚎叫声打破了寂静，卡比惊慌失措，扑倒在他们的腿上。师傅大叫一声：

“有狼！泽比诺和道勒斯在哪儿？”

雷米无言可对，这两只狗很有可能是趁他睡着的时候走出去的。

他们来到林子里，顺着窝棚四周的一个个脚印寻找着，师傅嘴里吹着口哨，呼唤着泽比诺和道勒斯，然而，不管他们怎样焦急地呼唤，林子中都没有响起狗的应答声，森林中一片可怕的寂静，连卡比都一反勇敢的常态，露出明显的不安。

无奈之下，他们只好回到窝棚里，谁知又一件灾祸等待着他们：心里美不见了。

他们拿起一把燃烧着的树枝，弯着腰又走了出去，到雪地里去寻找心里美的踪迹。他们搜寻了很长时间，同一个地方，同一个角落，都反复找上十来遍。但还是无功而返。

“只好等天亮了。”维泰利斯说完，双手捧着脑袋，在火堆边坐了下来。雷米看到师傅闷闷不乐的沮丧表情，心里非常难过，他宁愿受到师傅的责备。

当早晨的阳光照进树林里的时候，维泰利斯和雷米又走了出去。卡比似乎已不像昨夜那样胆战心惊了，它注视着师傅的目光，只等师傅一声令下就往前冲去。

他们在雪地上寻找心里美的足印。突然卡比抬起头欢快地叫了几声，他们循着叫声向头顶望去——在很高的树枝分杈处，有一团灰乎乎的小东西蜷缩在那里。是心里美！可怜的它被狗吠和狼嚎声吓破了胆，自认为树枝上才是安全之地。

师傅轻轻呼唤它，可是它像死了一样，一动也不动。

“它一定是冻僵了，我上去把它抱下来。”雷米说。

雷米一边往上爬，一边亲切地对心里美说话。快爬到树杈上的时候，雷米刚要伸手去逮它，它却纵身一跳，跳到了另一根树枝上，像是逗雷米玩。好在一夜的折腾很快就让它筋疲力尽，于是它从一根树枝上跳下来，最后又纵身一跃，跳到主人的肩上，钻进了主人的外套。

现在天已大亮，根据雪地上留下的血印，他们猜测昨夜两只可怜的狗已被饥饿的狼吃掉了。

来不及难过，他们现在必须尽快给心里美取暖。回到小屋内，维泰利斯把心里美当小孩似的，放在火堆前，为它烘手烘脚，雷米把毯子烘暖后，把它裹在里面。

雷米和师傅默默地坐在火堆旁，凝视着燃烧的火焰。雷米真想让维泰利斯骂他一顿，或者打他一顿。可怜的泽比诺和道勒斯——他们忠实的好朋友、好伙伴，因为自己的失职就这样离去了。

可是师傅一句话也没有说，他把头垂到火堆边，大概是在考虑失去狗以后怎么办。

黎明的时候，雪停了。但心里美的身体状况令师傅很担心，于是他决定找一个繁华的地方落脚，不惜一切代价也要救活心里美。

于是他们动身了。走了一个多钟头，终于在一个大村落找到了一家比较豪华的旅店住下来。为了心里美，他们这是头一回享受这样的待遇。

“快，你快上床睡觉。”在女佣生火的时候，维泰利斯对雷米说。

雷米很惊愕，他更需要的是去吃饭而不是上床睡觉啊！不过，他没有说什么，只好钻进被窝。

当雷米把被窝焐热以后，师傅把心里美抱到雷米的被窝里，让它紧紧地贴着他的身子。这可怜的小家伙，躲在雷米的怀里，一动也不动，身上却像火一样烫人。

看来心里美病得很严重，师傅从餐厅端来了一碗热甜酒。可心里美连张嘴的力气都没有。相反，它用闪亮的眼睛悲哀地望着他们，似乎在哀求他们不要再折磨它，又从被窝里伸出一条胳膊摇晃。师傅告诉雷米以前心里美也得过这样的病，是医生给它胳膊上放了血治好的。它伸出胳膊是想让医生像上一次那样，给它看病呢。

可是，当师傅把医生请来后，他却拒绝给心里美看病。理由是：他是医生，不是兽医。

“您瞧，这猴子多聪明。它知道您是医生，因此伸出胳膊来请您把脉哩。”无奈，师傅只好极力请求医生给心里美看病。

这样，总算把医生挽留住了。

心里美得的是肺炎！医生握住心里美刚才不断伸出的小胳膊，用柳叶刀切开静脉，它竟然没有发出哪怕是最轻微的喊声。医生接着为心里美放血、治疗、涂药水、服汤药，忙乎了好一阵子才走。

可是治疗并未见效，心里美的病越来越严重了。

在这种情况下，师傅又告诉雷米一个更糟的消息：他们已经囊中羞涩了。为了付清欠的全部费用，他们当晚必须演出一场。但是失去了泽比诺、道勒斯和心里美，演出若能获得成功那简直是太难了。

不过，为了挽救心里美的演出还是照常进行了。雷米卖力地唱歌，卡比使劲儿地跳舞，师傅亲自出来唱了两首歌，但收入仍然很少。最后，一位贵夫人赏给了他们一枚金币，因为她觉得师傅是一位伟大的天才。

夫人和师傅的谈话让雷米倍感吃惊，他不知道夫人为什么说师傅有非凡的天才，并且尊称他为先生。而师傅一直沉默着，样子很尴尬。不过，有了这一个金币，心里美就有救了，于是，他们很快把道具收拾停当，回旅馆去了。

房间里的炉火还没有完全熄灭，可是已经没有火苗了。心里美直挺挺地躺在被窝里，它已经自己穿上了那套将军制服，好像睡着了。

雷米弯下腰，轻轻拿起它的小手，它的手是冰凉的，周身也冰凉了。

维泰利斯这时走进了房间。他摸了摸心里美，说："唉！它已经死啦！这是不出所料的。雷米，我把你从米利根夫人那儿领走是有罪的，我现在受到了惩罚。泽比诺、道勒斯给狼吃了，今天心里美又死了。事情还没有完啊！"

此时，雷米是多么自责啊！如果不是自己一时疏忽，心里美就不会死，泽比诺和道勒斯也不会被狼吃掉。所有的这一切都是自己的错。雷米扑在心里美的身上伤心地哭了起来。

第八章 凶残的伽罗福里

雷米和师傅接连失去了两只狗和猴子，师傅决定把雷米寄养在他的朋友伽罗福里先生家里。在那里，会有什么遭遇呢？

与心里美诀别后，雷米与师傅又踏上了去往巴黎的路。漫长的旅程无比凄凉，他们谁也不说话，只是一刻不停地向前赶路。

一天，维泰利斯放慢了脚步，走到雷米的身边。

他说："再过四小时，我们就到巴黎了。"

在雷米的想象中，巴黎是个长满了金树的城市。听师傅这么一说，他的眼睛顿时一亮，像有一片金色的亮光闪了一下。

维泰利斯继续说：

"到巴黎后，我们就要分手啦！"

亮光马上变得黯淡下来，雷米把目光转向维泰利斯，他脸色煞白，嘴唇颤抖。

"你很痛苦吧？可怜的小家伙！"

听了师傅这充满真情的话语，雷米深深地感动了。

"啊，您真是个好人！"雷米叫了起来。

"你才是一个善良而又正直的好孩子！这一路上是你在一直陪伴着我这个孤苦无依的老头子，越是身处逆境、遇到挫折，越是依靠身边的人，也就越能懂得这份感情的可贵，所以和你分开，我更加地难过啊！”

“可是，”雷米胆怯地说，“您想把我丢在巴黎不管了吗？”

维泰利斯摇摇头：“不，当然不会的。我不愿抛弃你，请你相信我好了。我们只是暂时的别离。这样，等最不景气的季节过后，我们就可以团聚。现在，我们只剩下卡比，你想想，咱们还能做些什么？”

然后，他把自己的计划告诉了雷米。在冬末之前，他计划把雷米交给一个戏班主，给他们弹琴，维泰利斯则打算给在巴黎街头干活儿的意大利孩子教竖琴课或风笛和提琴课，以摆脱目前入不敷出的困境。在教课的同时，他准备训练两只狗，以填补泽比诺和道勒斯的空缺。一开春，他就会把雷米接回来，和他一起上路。到那时，他向雷米保证再也不会和他分开了。

这个办法也许最适合解决他们目前的困境。但是，雷米一想到戏班主就不由自主地感到恐惧。在乡村和城镇的旅行中，雷米见到过好几个戏班主，他们领着从四处搜罗来的孩子，动不动就用棍棒敲打。他们残忍，不公道，刻薄，酗酒，骂人，粗鲁。雷米担心自己也碰上一个这样可怕的老板，而和师傅的别离又增加了他的痛苦，但是师傅告诉他要忍耐，尽管他有很多话要对师傅讲，但还是埋藏在了心里。

雷米只好满心沮丧地跟在师傅后面，他们跨过了一条小河，走过了一个乡村，又经过了一片田野，终于看到了一条望不见尽头的街道。街道的两侧，尽是些肮脏破烂的房屋，到处是残雪堆成的雪堆。在这些坚硬的、黑糊糊的雪堆上，倒满了炉灰、烂菜叶子和各种各样的垃圾，空气中弥漫着一股恶浊的气味。不时有笨重的车辆驶过，来往行人敏捷地躲闪过去，看不出半点儿惊慌。

“巴黎到啦，孩子。”

“巴黎?”

这就是雷米热烈向往的巴黎?没有大理石宫殿,没有金色的树,也没有穿着绫罗绸缎的行人。有的只是一片贫困和肮脏!

一切似乎都是丑陋的,结冰的小河散发出一股难闻的气味;地上的污泥掺和着雪水,它们在滚动着的车轮的辗压下,成了稠稠的泥浆,四处飞溅。

他们又拐上了一条宽阔的街道,这里比刚才稍好一点儿,不过仍然又脏又破。师傅领着雷米进入了贫民区一个阴森可怖的地方。

“这就是我对你说过的那个戏班主的家。”维泰利斯一面上楼,一面对雷米说。楼梯沾满了泥块,好像刚刚从烂泥堆里挖出来的一样。

上了楼,维泰利斯没有敲门,他推开楼梯平台对面的房门,领着雷米走进了一个大房间——一间宽敞的顶楼。房子中间空荡荡的,四周摆着十几张床铺,墙壁和天花板的颜色已无法辨认。

“伽罗福里!”维泰利斯进屋时喊道,“您在吗?怎么一个也看不见?怎么回事?”维泰利斯自言自语地说。

听见师傅的说话声,一个孩子小声地带着哭腔答道:

“伽罗福里先生出去了,两个钟头后才能回来。”

当说话的小孩出现的时候,雷米惊呆了:他的眼睛流露出痛苦、温顺而又绝望的神情,大大的脑壳好像是直接放在他的两条腿上,几乎一碰就要掉下来似的。雷米对他充满了同情。

维泰利斯决定两个小时后再来,他让小孩儿向戏班主转达他的话。雷米正要跟着出去时,师傅却拦住了他。

“你留在这儿,休息休息。”他说。

雷米不由得打了个寒战,他想师傅是不是就此抛弃他了。

“我保证再来。”师傅肯定地说。

师傅走后，雷米环顾四周，只见壁炉里熊熊的火焰上放着一只大生铁锅。

雷米走到壁炉前，想暖暖身子。这时才发现这是只奇特的铁锅：锅盖上装有一根细长管子，蒸汽顺着管子直往外冒，锅盖的一边用铰链固定，另一边用挂锁锁着。

雷米很好奇地问："铁锅为什么要锁上？"

小孩摇头晃脑地告诉雷米说："为了防止我喝汤，我管烧汤。"雷米越发惊奇了，小孩便坐下来，一五一十地把自己的遭遇说给了雷米听。

"我叫马西亚，伽罗福里是我的叔叔，去年，伽罗福里到我们老家去搜罗小孩，就把我带走了，在他看来这是一种恩赐，可对我母亲来说就像是割掉身上一块肉般的心疼。"

雷米曾经切身体验过这种痛苦。听了这话，他的心揪得快停止跳动了。

小马西亚继续讲他的故事：

"一周后，伽罗福里搜罗到了包括我在内的十二个人。这样他决定带我们来法国。路途那么远，大家都很伤心。当我们终于到达巴黎时，只剩十一个人了，其中一个住进了医院。

"在巴黎，有人在我们中间进行了挑选：身强力壮的人去当修炉子或扫烟囱的工人；不太结实、干活儿不行的去街头卖唱，或者去玩手摇弦琴。论干活儿，我不行；摇琴可以挣大钱，可我相貌又太丑。于是，伽罗福里给我两只小白鼠，要我到各家门口或者小胡同里去耍把戏，他规定我每天交三十苏，如果晚上回来凑不足钱数，缺多少苏，就得挨多少棍子。挨他的棍子，简直要命！我当然是尽一切努力去凑足这笔钱，但老是收获不大，常常两手空空。后来我终于知道了，就是因为我太丑，那些先生和太太都不愿意给我钱！

“见我老挣不了钱，伽罗福里的火气就一次比一次大，直骂我笨蛋。最后，他见棍棒不灵，就变换了花招。每当我少交一个苏，他就从我的晚饭里扣除一个土豆。虽然我不用再挨打了，但是我在这里也没吃过几顿饱饭。到了这里一个月或者说六个星期以后吧，我就成了现在这副模样。‘苍白！’所有见到我的人都这样说，我成了人们心目中的可怜虫，有些人还肯把我领到他们家里，给我一片面包或者一碗汤。后来即使克扣九个土豆，我也不在乎了，因为在吃晚饭的时候，我的肚子里已经有些食物了。我总算也有过一段好日子。

“但是，有一天，我正在卖水果的女人家里喝汤，被伽罗福里看到了，他立刻就明白了一切，他决定不再让我出门，命令我待在屋子里烧汤，干家里的活儿。但又怕我偷着喝汤，便发明了这只生铁锅。我当了烧饭的以后，脸色更苍白了，因为汤的香味儿除了能勾起我的食欲外，它只能使我更饿。我的脸色是更苍白了吧？我现在已经不能出门，所以再听不见别人是怎么说的了，这儿又没有镜子。唉，我真喜欢脸色惨白，这说明我得了重病。”

雷米惊讶地望着他。

“您不理解我。”他苦笑着对雷米说，“道理很简单。您想想，人一病倒就会死，死了就是解脱了，就不用受饿挨打了。听人家讲，人一死可以升入天堂，我将在天堂和妈妈相遇。我还可以恳求仁慈的天主，不要让我妹妹克里斯蒂娜遇上不幸；不过，如果他愿意给我治疗，我愿意到医院去。”

马西亚说自己曾在圣欧也尼住过院，他兴致勃勃地向雷米介绍了住在医院的种种好处：那里的大夫口袋里常装着麦芽糖，护士嬷嬷们总是轻声细语地抚慰病人，就像是说话温和的妈妈。要是病情好转了一些，还可以享受到美味的肉汤和葡萄酒。

“您瞧，”马西亚指着脑袋说：“一周之前，伽罗福里朝我脑瓜上狠狠地打了一棍，很快我的头就肿了起来，钻心地疼。终日头昏目眩，晚上睡觉也疼得直哼哼。伽罗福里昨天说这可能是肿瘤，从他讲话的表情来看，我觉得病情应该是严重的。住医院是不成问题啦！他这一棍真使我高兴！”

雷米觉得马西亚太可怜了，他看着马西亚火赤的大眼睛、干瘪下陷的脸颊和毫无血色的双唇，真诚地说：“我觉得您病了，应当进医院。”

“谢谢您！”

马西亚拖着腿，艰难地向雷米施了一个礼。然后，他立即回到桌子前动手擦桌子。

“聊够啦！”他说，“眼看伽罗福里快要回来了，啥都没有准备呢。既然您已经觉得我被打成这个模样可以被送进济贫医院，那我就犯不上再白白挨打了。”

他边说边一瘸一拐地在桌子四周来回走动，摆盘子、放刀叉。雷米留意了一下，总共摆了二十只盘子，这就是说伽罗福里手下有二十个孩子。雷米只看见十二张床铺，可见是两个人合睡一张床的。什么样的床！没有床单，红棕色的被子又脏又破，像是给牲口用的，连牲口也会嫌弃它不够暖和。

这时，门“砰”的一声开了，走进来一个小孩。他一手拿着提琴，一手拿着一大块旧木板。马西亚伸手要那块木板，那孩子赶忙把木板藏到了自己的背后：

“你以为我把它带回来是烧汤用的？我只挣了三十六个苏，还缺四个苏，为了逃避伽罗福里的一顿狠揍，我指望着这块木板能抵得上那四个苏。”

紧接着又回来了十个孩子。每个人一进屋就把乐器往床铺上方的铁钉上一挂。有的人挂小提琴，有的人挂竖琴，还有的人挂笛子或风笛；那些耍动物把戏的孩子则把旱獭或豚鼠装到了笼子里。

这时楼梯上响起了沉重的脚步声，雷米猜想是伽罗福里回来了。果然，一个穿着灰色短大衣的小老头迈着沉重的步子走进屋子。

“这孩子是干啥的?”他问道。

马西亚迅速而又彬彬有礼地将维泰利斯关照过他的话，一一告诉了伽罗福里。

“啊！维泰利斯在巴黎，他找我干什么?”伽罗福里瞪着双眼逼着雷米问。

“师傅快回来了,”雷米不敢直说，“他会亲自向您说他的想法的。”

伽罗福里一进屋，有两个孩子立刻上前站到他的身边。其中一个小孩接过伽罗福里的帽子，小心翼翼地放在床上；另一个赶紧端来一把椅子。他们是那样毕恭毕敬，可以看出伽罗福里平时真是“教导有方”啊！

伽罗福里一坐下，又有一个小孩连忙将装满烟丝的烟斗给他送上，第四个孩子则递过一根擦燃的火柴。

“现在,”伽罗福里等自己坐定后说，“小天使们，结账吧?马西亚，账簿呢?”

在伽罗福里要账簿之前，马西亚早已把积满污垢的小本递了过来。

伽罗福里做了个手势，一个孩子胆战心惊地走了过来。

“你昨天欠我一个苏，答应今天还的。你现在给我带回了多少钱?”

孩子满脸通红，在回答前犹豫了好半天，小声地答道：

“缺一个苏。”

“啊？你又欠我一个苏？你居然还心安理得！”

“我指的不是昨天欠的那个苏，是今天又少了一个。”

“那就差两个苏啰？你要晓得，我可从来没有见过你这样的人！”

“可是，先生，这不是我的过错。”

“少说废话，老规矩，把上衣脱下来，昨天欠的抽两鞭，今天欠的也抽两鞭。另外，你已经放肆得忘乎所以了，所以还要扣掉你今天的土豆。拿鞭子来！”

一个孩子取下一根短柄鞭子，柄上挂了两根打了大结的皮条。这时候，那个欠一个苏的孩子正解开上衣，脱下衬衫，露出了瘦骨嶙峋的上半身。

“且慢！”伽罗福里冷笑着，“也许不光是你一个，有几个做伴的那才有趣哩！”

孩子们一动不动地站在他们的主人面前，见到这种残忍的玩笑，一个个都勉强地笑了起来。

“笑声最大的，”伽罗福里说，“我可以肯定，他欠的钱最多。谁笑得最厉害？”

大伙儿指指那个拿着木板最先回来的孩子。

“喂！你，你缺多少？”伽罗福里问。

“这不是我的过错。”

“从今天起，谁再说‘这不是我的过错’的，就罪加一等，多抽一鞭。你缺几个苏？”伽罗福里的口气又加重了。

“我带回了一块木板，那木板可好哩。”

“你这个猪脑袋！这也能算数吗？你去面包师那儿，跟他用木板换面包，他会换给你吗？你到底缺几个苏？嗯，快说！”

“我弄到三十六个苏。”

“那你缺四个苏啰，可怜虫，竟然缺四个苏！你还有脸站在我面前！把他的上衣扒下来！”

“木板不算啦？”

“我给你当晚饭吃吧！”

这一愚蠢的玩笑引得没受惩罚的孩子哄堂大笑。

审问时，又来了十几个孩子挨个上前交账。本来已有两个孩子挨了皮鞭，现在又有三个，这三个孩子被打得更惨，因为一文也没有挣到。

伽罗福里扭转身子对着火炉，装作自己不忍心看到这种处罚的样子。雷米被遗忘在一个角落里，愤怒和恐惧使他浑身发抖。这个人将要成为他的师傅！天哪，倘若日后自己也挣不回他规定的钱，必然也会遭到这样的酷刑。雷米现在才明白过来，为什么刚才马西亚在谈到死的时候是那么平静和渴望，因为他们过的简直就是一种生不如死的日子啊！

“妈妈！妈妈！”不幸者发出凄惨的呻吟声，接着便是一阵声嘶力竭的叫喊声。

这时，楼梯对面的门开了，维泰利斯走了进来。

维泰利斯一看就明白了上楼时听到的叫喊声是怎么回事，他夺过鞭子，又猛地转向伽罗福里，站到他面前，两手抱在胸前呵斥道：“这样摧残不能自卫的孩子是一种卑鄙可耻的行为！”他愤怒地说要去请警察来。

伽罗福里对于这一切感到很吃惊，可是他很快镇静下来，“维泰利斯，您听着！”伽罗福里以嘲弄的口气说，“别那么不客气，用不着胡诌出警察之类的话来威胁我。对于您，我可是了如指掌。当然我不会到警察局去说什么，您的那些事与警察局不相干，可有人会感兴趣，只要我向他们说出我所知道的，仅仅说出一个名字，是谁将因羞愧而躲藏起来，永远也不想再见人了呢？”

雷米的师傅静默了一会儿，没有回答。什么丢人的丑事？雷米怔住了。他还没有来得及从这些莫名其妙的话中醒悟过来，维泰利斯已拉住他的手头也不回地下楼去了。

现在回想起伽罗福里那狰狞的面孔都觉得毛骨悚然，终于逃出了他的魔掌。这都得感谢师傅，他真想去亲一下维泰利斯，但是雷米不敢，对于师傅他还是很敬畏的。

第九章

师傅和雷米准备去城郊找个采石场过夜，他们几经周折，最后找到采石场了吗？

在漆黑寒冷的夜晚，雷米和师傅默默地走在街道上。白天虽然暖和，到了晚上却是无比的寒冷。

现在的处境让维泰利斯很为难，他不停地用手去摸他的前额。他本来打算用雷米去伽罗福里那儿换取二十法郎，过了这个寒冷的冬天再把他接走。可看到伽罗福里那样虐待孩子，他又舍不得让雷米去那儿受罪。

最后维泰利斯决定去冉蒂里找个采石场过夜。

于是，他们一刻不停地行走着，路面上冻了，步履维艰，维泰利斯就这样牵着雷米，一步一步，从大街走到小巷，又从小巷穿过别的大街；那些路过的行人似乎在惊奇地看着他们。与他们相遇的警察在他们周围转来转去，目不转睛地盯着他们。

维泰利斯弯着腰，一言不发地往前走着。尽管天气这么冷，他的手还是滚烫滚烫的，雷米觉得他在发抖。他有时停下脚步，在雷米肩头上趴一会儿。雷米感到他的全身在抽搐。

“您病了！”有一次停下来的时候雷米对他说。

“是啊，像我这把年纪，这些天来走路的时间太长了，今晚对我这老骨头来说也太冷，我本该躺在一张舒舒服服的床上，关在房间里，围着火炉吃晚饭的。可是，这一切完全是做梦啊！向前走吧，孩子！”

往前走！

说这话时，他们已经出了城，或者至少可以说已经离开了有房屋的地方。他们再也见不到行人，再也看不见城市的警察，再也看不见街边的瓦斯灯。他们时而在两旁筑有高墙的路上行走，时而在旷野里快跑。虽然天色昏暗，道路纵横交叉，维泰利斯却如识途的老马，对去向很有把握。因此雷米跟着他，不必担心迷路，他唯一关心的是他们能否很快到达采石场。可是，师傅的视力已经减退到几乎看不见什么，所以也找不到记忆中的标记——小树林。不一会儿，他们就迷路了，在这样寒冷的天气里，迷路是一件非常糟糕的事情，寒风凶猛地抽打着他们。

维泰利斯让雷米注意车轮印子和灌木丛。他们顶着寒风，在沉寂的夜里足足走了一刻钟，脚步声在冻硬的地面上发出当当的响声。雷米的两条腿艰难地一步一步往前迈，他拉着师傅往前走，一边又怀着不安的心情注视着大路左边的方向。

又走了几分钟之后，雷米好像看见前面有一条路，切断了他们的去路，路旁有黑糊糊的一片东西，很可能是灌木丛。他放开维泰利斯的手，快步往前走去，路上有深深的车轮印子。

“这就是小树林！有车轮印子。拉着我的手，我们得救啦！采石场离我们这里只有五分钟的路程了。你仔细看看，应当看得见树林的。”师傅兴奋地说。

雷米听了师傅的话，似乎浑身都有了使不完的劲儿，脚步变得轻快多了。

师傅让雷米顺着车轮印子找找入口，雷米弯着腰沿着一道新发现的墙壁摸过去，可一直走到头也没有发现车轮印子最细小的痕迹。他只好回到维泰利斯身边，又向相反的方向找了一遍，结果是相同的：处处碰壁。墙上任何地方都没有洞口，地上也没有通向入口处的道路或凹沟的痕迹。

“师傅，我摸到的尽是雪。”

处境十分可怕，雷米的师傅很可能迷路了，这儿肯定不是他要寻找的采石场。他没有回答雷米什么，然后，他再次摸摸墙壁，从这一头摸到那一头。

“有人把入口处堵住了，没有法子进去。”维泰利斯叹了口气，放弃了找入口的企图，“我们要死在这里啦。”

“唉，师傅!”雷米忍不住伤心地喊了一句。

“喔，孩子，你不会死的，你年轻的身体会使你挺得住。来吧，咱们走，回巴黎去。虽然我们一见警察就会被他们抓进警察局去，但是我也不想让你冻死。走吧，坚强点儿!”

已经是子夜，天空依然是蓝黑色的，没有月亮，只有几颗小星星。路旁的人家都已入睡，只剩他们师徒两个在凛冽的寒风中蹒跚地走着。

他们走得快的话，还可以抵御寒冷。可是维泰利斯步履困难，他喘着粗气，好像一点儿也走不动了似的。雷米跟他说话，他也不应声，只对雷米吃力地做了个手势，意思是他已没有说话的力气了。

他们从乡村又回到了市区，他们在两道墙中间走着，墙头上稀稀落落地挂着几盏路灯，晃来晃去，发出破铁片碰撞的响声。

维泰利斯站住了，雷米知道他真的走不动了。雷米想去敲人家的门求宿一晚，可是师傅示意他继续走。

但他确实是力不从心了，仅仅走了几步就又停了下来。

“我得歇一歇，”他说，“我支持不住了。”

刚巧在一道栅栏上有一扇敞开的门，栅栏里堆着一大堆肥料，堆得比栅栏还高，这种景象在菜农家是常见的。风把覆盖在上面的第一层麦秸吹开了，撒了一地，路上和栅栏脚下堆了厚厚的一层。

“我们在那儿坐一下。”维泰利斯说。

“您以前说过，假如我们坐下来，就会被冻死了。”

维泰利斯不回答，他示意雷米捡起麦秸，堆在门口，然后他就坐下来了。与其说他坐下，还不如说他是瘫倒在草垫上的。他的牙齿在“咯咯”作响，浑身哆嗦。

“再拿点儿麦秸来。”他对雷米说，“这肥料堆可以给我们挡风。”

不错，肥料堆可以挡风，但它不能避寒。雷米把所有能捡来的麦秸堆成一堆，然后走到维泰利斯身边坐下。

“紧紧靠在我身上。”他说，“你把卡比放在胸口，它会给你一点儿热气。”

维泰利斯是个有经验的人，他懂得：在这种境况下，寒冷可以把人冻死。他之所以敢冒这个风险，一定是他已累得精疲力竭了。

半个月以来，他每晚都是在极度疲劳的情况下躺下的，长期的跋涉、缺衣少食的困扰和年迈体衰耗尽了他最后的气力。他再没有力气支撑下去了。

当雷米抱着麦秸回来紧靠师傅的身子时，他觉察到师傅正贴着自己的脸，亲吻着。这是他第二次亲吻雷米。

轻微的寒冷会使那些上床睡觉的人打个哆嗦，暂时赶走了他们的睡意；持续的严寒会把露天歇宿的人们冻僵。他们的情况就是这样。

雷米困极了，刚把自己的身体靠着维泰利斯蜷缩起来的时候，眼睛就合上了。维泰利斯背靠着门，困难而又急促地断断续续地喘着粗气。卡比夹在雷米的两腿中间，贴着他的胸口，早已睡着了。北风不停地从他们的头顶上刮过，把碎麦秸掷卷到他们的身上，好像枯叶从树上坠落下来一样。街上没有一个行人，近处，远处，四周，都是死一般的沉寂。

沉寂使雷米害怕起来，一种模模糊糊的恐惧掺杂着哀伤，让他泪流满面，他似乎觉得自己就要死在这里了。一种将要死去的念头，让他又想起了可怜的巴伯兰妈妈、阿瑟还有温柔的米利根夫人。

尔后，雷米合上眼睛，渐渐失去了知觉。

第十章 花农家遇救

雷米醒来的时候，发现他在一户农家躺着。是谁把他救了？师傅维泰利斯怎么样了？雷米随后在农家又遭遇了什么事情？

天蒙蒙亮的时候，一群人在大门口发现了一老一小睡在麦秸堆里，开始，这些人喊他们起来，好让车子通过。可是他们两个人谁也没有动，只有一只狗汪汪地叫着，守护他们。人们急忙拿来一盏灯，发现维泰利斯已经死了，是冻死的；雷米由于有狗睡在他的怀里，胸口还有一点儿热气，就活下来了。然后，雷米被抬到花农的家里，整整躺了六个小时，这才苏醒过来。

师傅将最后的温度留给了雷米，师傅将最后的全身心的爱都给了雷米。

当雷米醒来时，他已睡在床上，明亮的火焰照耀着他躺着的房间。周围站着几个陌生人：一个上身穿着灰色外衣的男人和三四个孩子，其中有一个小女孩儿正惊讶地看着他，她那奇异的眼睛好像会说话一样。

对环境的描写非常切合雷米的视角，而且又主次分明，着重描写了小女孩儿的神态，为下文雷米与小女孩儿之间将要发生的故事埋下伏笔。

尽管周身麻木，但雷米仍然清楚地听到了他们的话：师傅死了！几年来与自己相依为命的这个人突然死了！留下了孤独的雷米！雷米默默地淌眼泪，一言不发。

是那个穿灰上衣的男人，也就是那个花农后来把事情的经过告诉了他。在他说话的时候，那个目光惊讶的小姑娘一刻不停地看着雷米。当她父亲说到维泰利斯已经死去时，她一只手抓住她父亲的胳膊，一只手指着雷米，发出一种奇怪的声音，是一种温柔的、充满关切的叹息。她的动作是那么富有表情，雷米觉察到了她那发自内心的同情。

对雷米的关切之情在小女孩每个动作之间被充分体现。

"嗯，我的小丽丝，"老爹俯身对他女儿说，"这事会使他难过的，不过总得跟他讲实话呀，我们不讲，警察也要告诉他的。"

"卡比呢？就是那一只狗！"他一停下来，雷米急切地问。

"它跟着担架走的。"一个孩子说。

"卡比跟在抬担架的人后面，它几次想跳上去。人们把它推开时，它发出悲哀的嚎叫声。"

形象描述了狗与人的深情。

可怜的卡比！为了博得观众的一笑，这个杰出的滑稽演员，不知曾有多少次装出一张哭丧着的脸，呜咽着去参加装死的泽比诺的葬礼，连那些老撅着嘴巴的小孩子，也被它逗得笑疯了。这次却真的去参加师傅的葬礼了。

有些嘲弄意味的画面，深刻表达出了雷米对师傅之死的无限悲伤。

花农和他的孩子让雷米独自待着，他们走开了。雷米下了床，但是他根本不知道自己在做什么。他拿起靠在床脚边的竖琴，斜背在肩上，走进花农和他孩子们的房间。该走了，可是到哪儿去呢，雷米心中没数，只觉得自己又该去流浪了。

刚才躺在床上的时候，雷米并不觉得不舒服，只感到四肢酸痛，头疼得厉害。可是一站起来，雷米觉得整个屋子在旋转，自己马上要摔倒了。他歇了歇，推开门，看到花农和孩子们正围坐在壁炉旁喝菜汤。

几天都没吃东西的雷米闻到这香喷喷的菜汤，真想去要一盘喝。可是他立刻打消了这个念头，因为维泰利斯没有把他造就成一个乞丐，所以他只请求在火炉旁烤烤火，暖和一下。但那个叫丽丝的小姑娘盛了满满的一盘汤送到了雷米面前。

从师傅对雷米性格的培养映衬出了师傅活得有尊严、有骨气的个性。

雷米的嗓子已说不出话来，他有气无力地做了个感谢的手势。

“拿着，我的孩子，”花农说，“丽丝说要给，那就给定了。要是你愿意的话，喝了这一盘后还可以喝一盘。”

怎么能不愿意呢？没有几秒钟，一盘汤就喝完了。丽丝站在他面前，眼睛凝视着他。雷米喝了一盘，她立刻发出一种满意的喝彩声。然后，她拿起汤盘，递给她的父亲，请他再盛一盘，她微笑着又给雷米端了过来。她笑得那么甜，那么暖人心怀，饥饿的雷米竟一时都没想到马上去接汤盘。

两个“那么”突出表现了小姑娘的甜美贴心。

跟第一次一样，汤三口两口就被喝了个精光。这一回，看雷米喝汤的孩子们不再是抿着嘴微笑，而是张着嘴放声大笑了。

“好样的，我的孩子，”花农说，“你真是个小饭桶。”

雷米一时被弄得面红耳赤。稍停片刻后，雷米回答说，他已经几天没吃饭了。

喝了汤以后雷米觉得好多了，他站起来准备告辞。为了表示感谢，雷米请求为大家弹上一曲。

丽丝点点头，乐呵呵地拍手鼓掌。

虽然这会儿雷米没有心思去跳舞作乐，但还是拿起竖琴，弹了一曲华尔兹，他多么想演奏得像维泰利斯那样好，让那个用眼睛来感动他的小姑娘高兴啊！

她先是听着，出神地望着雷米，然后用脚踏着节拍。不一会儿，小姑娘竟然情不自禁地跳起舞来，可以看出她确实很高兴，脸蛋像绽放的花朵一样美丽。

形象的比喻将小姑娘的美丽刻在了读者的心中。

她的父亲坐在壁炉旁，眼睛一直没有离开女儿，不住地为她叫好。华尔兹舞曲刚演奏完，丽丝彬彬有礼地走向雷米，向他行了一个漂亮的屈膝礼。紧接着她做了个手势，请求雷米再来一曲。

可她父亲怕累着了雷米，阻止了丽丝的请求。

于是，雷米停止弹奏舞曲，开始演唱维泰利斯教会他的那不勒斯歌曲。这首歌的调子缠绵伤感，带有某种动人心弦的柔情。

当他唱完第一段时，丽丝的眼睛盯着雷米的眼睛，她的嘴唇在翕动，好像在默诵雷米唱的歌词。歌的调子渐渐悲哀起来，她慢慢后退了几步，直到雷米唱完最后一段时，她竟失声痛哭，扑到了她父亲的怀里。

对小姑娘身体不同部位连串动作细致入微的描写，鲜明地表现出了小姑娘对雷米歌唱的感动，也反映了小姑娘内心的纯真与善良。

哥哥看到她一会儿跳，一会儿哭，就骂她蠢。

“你才是一个笨蛋呢！她懂歌曲的意思。”大姐俯身去吻她的妹妹表示安慰。

当丽丝扑到她父亲的怀里时，雷米收起竖琴往肩上一挂，朝门口走去，他真的该离开了。

丽丝的父亲喊住准备出门的雷米说："如果你能吃苦，通过辛勤地劳动来养活自己；如果你是个好孩子的话，我们将非常欢迎你留下来。你可以考虑一下。"

此时，丽丝也用期待的眼神看着雷米。雷米听到这个建议，似乎不敢相信自己的耳朵，竟然有人愿意收留他。

一个家！雷米将有一个家啦！他抱有的这种幻想已经破灭了不知多少次！巴伯兰妈妈、米利根夫人和维泰利斯，他们一个接一个地离开他。可现在，他将生活在这样一个和睦的家庭，一下子拥有这么多兄弟姐妹！

四个感叹号的使用，将雷米对家的渴望非常有层次地充分展现。

雷米未经思索就卸下背在肩上的竖琴。

"好，这真是个很好的答复。看起来你是很高兴地作出答复的。"老爹笑着说，"我的孩子，把竖琴挂在钉上吧，等哪一天你觉得在我们这儿不自在了，你再远走高飞吧！"

救雷米的花农名叫阿根。他家里共有五口人：阿根，两个儿子，即亚历克西和邦雅曼，两个女儿，即大女儿艾蒂奈特和小女儿丽丝。

丽丝是个哑巴，但并不是天生的。在四岁时，她得了一场病，失去了说话的能力。然而万幸的是，她的智力没有受到损害，相反，她比同龄的孩子还要聪明。她能把一切想说的表达得清清楚楚，并且活泼可爱，温顺善良。因此，她的父亲宽容地对待她，哥哥们和姐姐艾

抓住人物的最主要性格特征的简练描写，使丽丝和艾蒂奈特的人物形象和性格极为鲜明。

蒂奈特也都很宠爱她。

阿根太太去世后，姐姐艾蒂奈特成了家庭主妇。她要照顾一家人的生活。虽然只有十四岁，但心事重重和不苟言笑的脸色使她看上去就像一个三十五岁的老姑娘。不过，她的脸上常流露出温柔和顺从的表情。

坐下来后，雷米开始向家人讲述昨晚的遭遇。讲了不到五分钟，就听见开向花房的门上有扒门的声音，接着是一声凄楚的狗叫声。

几个动作的细节描写突出表现了卡比的兴奋与激动。

“是卡比！”雷米猛地站起来说。丽丝抢先奔向门口打开了门。可怜的卡比纵身一跳便扑到雷米身上，舔着他的脸，高兴地叫着。它的全身在发抖。

“卡比怎么办呢？”雷米抱着卡比，小声地问道。

“嗯，卡比和你一块儿留下。”

卡比似乎听懂了，它跳到地面上，右爪子放在胸口，行了一个礼，逗得孩子们哈哈大笑。为了让他们开开心，雷米想请卡比表演一个节目，可它不听话，一个劲儿地拉雷米的衣角。

“它想把你带到你师傅那儿去。”

老爹告诉雷米，警察要询问雷米关于师傅的事情。雷米急于要了解维泰利斯的消息，他想师傅或许也能像他一样没有死。

来到警察局，雷米确定师傅已经死了，万分伤心。他对于师傅的情况知道得很少，但都毫无保留地讲了出来。关于雷米自己，他只能说他没有父母，是维泰利斯付了一笔钱，把他从养父那里租来的。

可是有一点，雷米认为很神秘，真想把它讲出来，那就是他们最后一次演出时，那位夫人对师傅歌唱的赞美和惊叹，还有伽罗福里的威胁。师傅生前极力隐藏这些，他正琢磨是否应当保持沉默时，有着高超问话技巧的警察局长很快就把他想隐瞒的情况统统套了出来。他让一个警察带雷米去伽罗福里家对质并了解真相。

这一情节的设置既符合雷米天真的个性和幼小的年龄，又为引出师傅的身世做出合理的过渡。

来到了伽罗福里的住地，雷米很快认出了那幢房子，他们直奔五楼。他没有看见马西亚，多半已住进医院了。

伽罗福里一见警察和雷米，就面如土色，他心里肯定害怕得很。但是，当他从警察的口中弄清他们的来意后，就立刻放心了，把他知道的向警察报告了。“唉！可怜的老头死了！”他说，“其实，他不叫维泰利斯，原名是卡洛·巴尔扎尼。二十五年或四十年前，他是全意大利最有名的歌唱家。他到处演唱，那不勒斯、罗马、米兰、威尼斯、佛罗伦萨、伦敦和巴黎都有他的足迹，可是有一天，他倒了嗓子，再也不是声乐艺术家之王了。他不愿意让他的名誉在不三不四的舞台上受到损害，于是他改名换姓，用维泰利斯的名字取代了卡洛·巴尔扎尼，再也不在他黄金时代认识的人面前露面。当然为了生活，他尝试过好几种职业，都以失败告终。这样他就一天天沉沦下去，终于成了耍狗把戏的人，但仍然保持着高傲的气节。如果观众获悉当年大名鼎鼎的卡洛·巴尔扎尼已沦落为这个可怜的维泰利斯的话，那么他会因羞愧而死去的。我也是在一次

面如土色：脸色跟土的颜色一样，没有血色。形容极端惊恐。

借用外人的描述道出了师傅的不平常经历，使读者对师傅的多才多艺释然，同时也借师傅的故事突出他高傲的气节。

偶然的机会中知道关于他的这一秘密的。”

伽罗福里的一番话解开了雷米心中的疑团。

可怜的卡洛·巴尔扎尼！可怜的维泰利斯！

第二天是师傅安葬的日子，米根老爹同意带他去参加葬礼。可是雷米发了一夜的烧，第二天起不来了。

他得了严重的肺炎，就像是心里美那样，由寒战转为阵热，胸口像有一团火在烧。病因是那天晚上他和师傅精疲力竭地跌倒在这家人门口时挨了冻引起的。

按说，穷苦人生病是很少求医的。但雷米的病势着实吓人，为了他，阿根家打破常规，把医生请来了。医生不用仔细检查，他一望便知雷米得的是什么病，并且立即声称必须把他送进济贫医院。

老爹用充满爱心的行动展现出善良而富有责任心的性格特征。

这固然不是一件困难的事，但是老爹坚持把雷米留下自己照顾他。

艾蒂奈特操持全部家务，现在又要照看一个重病人。但她还是悉心地护理雷米，从来没有疏忽过，也从来没有不耐烦过。当她必须离开去操持家务的时候，总是由丽丝来代替她。在雷米发烧的时候，不知有多少次，他看见丽丝待在自己的床边，忧心忡忡地凝视着他。亚历克西和邦雅曼也轮流守护着他。

经过一家人的精心照顾，雷米的病情终于好转了。然而他是个久病初愈的人，病情又反复无常，因此只好待到春天来临的时候才能出门。

丽丝是不干活儿的，她带雷米到河边散步。临近中午阳光最灿烂的时候，他们手拉着手，慢悠悠地走着，卡比跟在后面。这一切都令雷米心里暖洋洋的，感觉有说不出的美妙。

河谷两岸，杨柳成荫，绿油油的草地一直延伸到山丘。春天，青草鲜嫩而茂密，雏菊装点着翡翠般的绿色地毯；各种小鸟唱着春日之歌，飞来飞去。

生机勃勃的美丽风景烘托出了雷米愉悦的心情。

在他们散步时，丽丝自然不说话。事实上，他们不需要语言，只要四目相视，用眼睛就能猜透对方的心思。因此，雷米也用不着对她说话了。

描写出了雷米与丽丝的心心相印之情。

雷米的身体逐渐恢复，可以在园子里干些活儿了，他焦急地等待着这一天的到来，因为他要尽力地多干活儿，报答他们给予自己的一切。他自信能劳动得很好，起码他会拿周围的人做榜样，勤快地干活儿。

因为雷米的身体还很虚弱，人们分配给他的工作是：早晨在霜冻过后，将花圃温室的玻璃窗取下；晚上在降霜之前，再将玻璃窗装上；白天他得盖上褥草，以防强烈的阳光晒伤花卉。这点活儿既不难也不重，但很费时，每天他必须将数百个窗户翻动两遍，并且根据太阳光的强弱，注意开启或遮盖。

这时，丽丝待在畜力水车旁，这畜力水车是用来汲取灌溉必需的用水的。当戴着皮制眼罩的老马科科德目转圈儿转累了而放慢脚步时，她便用一根小鞭子轻轻抽它一下，促使它加快步子。她的一个哥哥把水车提上来的水一桶桶倒在畦里；另一个哥哥在畦里做他父亲的助手。大家各尽其职，没有一个人是闲着的。

对丽丝和其家人的活动场景描写细致生动地再现出了他们的生活状态。

畦（qí）：有土埂围着的一块块排列整齐的田地，一般是长方形的。

雷米已经复原，他们安排他到田里去种点儿东西。

这使他很自豪，因为他从中体会到了辛勤劳动的喜悦，他很快就适应了这种辛勤的生活。

每逢星期天下午，他们在葡萄藤绿廊下聚会，雷米取下挂了一周的竖琴，请两兄弟和两姐妹跳舞。跳腻了的时候，雷米就唱一支歌曲，他这支那不勒斯歌曲，总是在丽丝身上产生不可抗拒的影响……

每当雷米唱完最后一段的时候，他发现丽丝的眼睛总是湿润的。

两年很快就这样过去了。

这年的夏天，阿根老爹又为七八月的重大节日而辛勤劳动了。他们准备了数以千计的雏菊皇后、倒挂金盅和夹竹桃，他们还必须让所有的花在预定的日子里开放，既不能早开，也不能迟开。早开了，节日到来之前花已凋谢；迟开了，花赶不上佳节。这都是需要技巧的，因为天气时好时坏。阿根老爹不愧为种花的专家，通过他的辛勤劳动，他种的花，总是不早开也不迟开。

大量色彩感强烈而富有生机的语言的使用，使人强烈感受到丰收的喜悦。

八月五日那天，各种奇花含苞欲放：在园子里，露天生长的雏菊皇后蓓蕾初绽；花房中，在乳白色的玻璃窗下，倒挂金盅和夹竹桃含苞待放，它们组成巨大的花丛或者花团锦簇的金字塔，看了使人眼花缭乱。雷米看见老爹心满意足地搓着手。

“今年节气肯定不会错。”米根老爹一边对他的儿子们说，一边盘算着所有的鲜花售出后给他换来的收入。

为了达到这个目标，他们付出了多少艰辛的劳动，有时候一刻也不休息，星期日也不例外。现在这一切都已妥当。为了犒劳自己一番，他们决定这个星期天到老爹的一个朋友家吃晚饭，那位朋友和老爹一样，也是花农。这一天，他们决定干到下午三四点钟就收工，然后收拾收拾，锁上大门，高高兴兴地出发。

雷米拉着丽丝，撒腿往前奔跑。卡比汪汪地在他们身边快乐地跳着，叫着。大家都穿着过节的衣服，欢快地走在路上，惹得行人总要回过头来看看他们。

时间在不知不觉中很快过去了。在晚餐快结束时，不知是谁发现了西边的天空已经乌云密布，暴风雨就要来了。

“不好，风一起，会把花房的窗子掀开的。我先回去，你们随后跟来!”老爹急促地说完，迈开大步往回赶。

天瞬间变得越来越黑，起风了，狂风卷起了地上的尘土。当他们被这旋风裹了起来的时候，大家都得停下来，背对着风，用两只手捂住眼睛，紧闭嘴巴。因为只要一张嘴，就会被灌进满嘴沙土。

从视觉到听觉上对可怕天气画面的描写，预示了灾难的将至，使情节发展骤然转折。

远处响起的雷声渐渐逼近，震耳欲聋。

雷米和艾蒂奈特拉着丽丝的手，拖着她往前走，因为她很难跟得上。

转瞬间，街道像是在严冬季节，铺上了一层白色的雹子，鸽蛋大的雹子落下时发出喧天的响声，掺杂着玻璃被砸的碎裂声。雹子从屋顶上滚下来，滚到街上，各种各样的东西也跟着纷纷滚下：碎瓦片、墙上的灰泥和打碎的石板瓦。

通过对各种声音的描写，使场面被表现得尤为可怕，让人印象极为深刻。

“唉！玻璃窗全完了！”艾蒂奈特惊叫了起来。

雷米脑子里也闪过这一可怕的念头：“假如雹子像这儿一样落在花房上，可怜的老爹会破产的。”他常常听别人说，一百块窗户玻璃价值一千五百或者一千八百法郎。假若这场雹子砸碎了他们五六百块玻璃的话，那么不算花房本身和那些花卉，这场天灾给他们带来的损失就够惨重了！

艾蒂奈特绝望地瞧着落下的冰雹。

这场可怕的雹灾没有持续多久，至多五六分钟工夫，它骤然而来，又骤然而止。黑云慢慢向巴黎上空移动，他们也从大门口跑了出来。路上，硬邦邦的、圆滚滚的雹子像海边的鹅卵石，在行人的脚下滚动，那厚厚的冰雹埋没了行人的脚踝。

丽丝穿着高帮布鞋，在冰冷的雹子地上寸步难行，雷米只好把她背上，一路跑回了家。

与前面对园子欣欣向荣景象的描写形成了鲜明的对比。

院子里一片凄惨！玻璃窗、花、碎玻璃片和雹子混杂在一起，杂乱地堆成一堆，早晨还是一片欣欣向荣的园子，一下子都成了可怕的碎片残骸。

农民即使辛勤劳作也无法保证自己的生活，但有的人却可坐享其成，揭露了当时社会的黑暗和不公平。

一直到大温室，他们发现那里连一块完整的玻璃也没有。地面上一片碎玻璃碴，米根老爹坐在它们中间的一张小凳上，神态沮丧。亚历克西和邦雅曼站在他背后，一动不动。

“唉，我可怜的孩子们！”听见他们踏着碎玻璃片的脚步声走近自己时，老爹抬起头叹息道，“唉，我可怜的孩子们！”

他紧紧抱着丽丝，哭了。

很快，雷米从艾蒂奈特和男孩子们那里得知，老爹已经陷入了绝境。十年前他买下了这块园地，并在上面盖了这所房子，卖地皮给他的那个人还借给他一笔贷款，让他购买一个花农所必需的工具和设备，地价和贷款必须在十五年内连本带息地付清。欠了债要还，这是理所当然的，也是不能逃避的，但更加躲不开的是这个债主所期望的那个时机，就是说，只要老爹有一次迟付，他就有权收回地皮、房子、花圃设备和工具。而他已经收到的十年本息则仍归他所有。他在投机，他认为在这十五年内总有一天老爹会还不起欠他的债务。他在这场投机中不冒丝毫风险，而他的债务人老爹却每天都存在着倾家荡产的风险。

倾（qīng）家荡（dàng）产：把全部家产丧失净尽。

而这场雹子使债主盼望了十年的时刻终于来到了！

第二天，就是老爹应当用卖花得来的钱偿还这一年度本息的日子，他们看见一个穿着黑衣服的先生从门口走了进来，样子很不友好。他交给他们一张贴了印花的纸，还在空白处填了几个字。他是法庭的人，很明显，债主已把老爹告上法庭了。

从这天起，三天两头就有人来逼债。

于是，米根老爹不能再待在家里了，他老在城里奔忙，因为打官司总要请个代理人。不久就得出庭了。

老爹打的官司要等很长时间才有结果。冬天的一部分日子就这样过去了。雷米他们当然不可能把花房修好，连玻璃都没有配好。老爹只好在花房里种些蔬菜和不需要遮盖的花卉，这卖不了什么大钱。不过，总算有了一点儿收入，大家还能勉强生存下去。

一天晚上，老爹回到家里，比平时更加垂头丧气。

“孩子们啊!”他说，“全完啦!”

几经磨难，雷米总是心思敏感，并常为他人考虑。

雷米想走出去，因为他觉得有重要的事情要发生。老爹是在对他的子女们说话，他觉得不应该在旁边听着。

可是老爹招招手，不让雷米走开。

表现了雷米在米根老爹一家人中的地位。

“你难道不是我们家里的人吗?”他说，“虽然你还小，但也是尝尽了人间的苦难，我想你能听懂我说的话。我的孩子们，我要和你们分别了。”

屋子里一片惊叹声和哭泣声。

米根老爹痛苦地向大家解释说法官判他必须还清债务，可是他没有钱，只好用肉体和自由作为抵偿，也就是说他必须蹲五年监牢。这还不是主要问题，他担心的是孩子们该怎么办。

不过，老爹还是出了个主意，他请雷米给他的姐姐卡德琳娜·苏里奥写信，告诉她一切，请她过来帮忙处理一下。她向来头脑冷静，一定会有办法的。

然而卡德琳娜没有像他们想象中那样来得及时。拘捕债务人的警察比她先来了一步。那时候老爹由雷米陪着到朋友家去，走上大街没几步，迎面就碰上了警察。他脸色变得苍白，用微弱的声音恳求警察允许他和孩子们吻别。

警察应允了。他们把老爹押送回家，让他们道别。

老爹一一和孩子们亲吻，特别是小丽丝，她抓着爸爸的手不肯松开。雷米也在一边默默流泪，老爹喊道：

“雷米，你不来亲亲我吗？难道你不是我的孩子吗？”

他们的相处已习生了不可割舍的深情。

雷米激动地奔过去，久久地和老爹吻别。

每个人都处于一种完全狂乱的精神状态中。

“坚强一点儿！好好在家待着！”老爹说完一下子放开丽丝的手，随即走了出去。囚车把老爹带走了，孩子们在后边抱头大哭起来，他们失去了母亲，又被迫离开父亲了。

卡德琳娜姑妈在警察走后一小时才来。她强忍住悲痛，把大家的归宿都安排好了：丽丝跟卡德琳娜姑妈走，两兄弟分别到两个伯父家去，艾蒂奈特到另外一个姑妈家去。

雷米听着安排，等待分配。可是卡德琳娜姑妈告诉雷米他们很难安排他。血统上的隔阂使她难以找出合适的理由让亲戚们收留雷米。况且，大家也并不富裕。

虽然亚历克西他们都说雷米是家里的一分子，但雷米不愿再恳求了，事情已经没有挽回的余地，多说也无益。这样的乞求和乞丐有什么区别？

卡德琳娜姑妈决不肯改变她的计划，她通知孩子们：明天就要分手。说完便打发大家去睡觉。

回到房间，大家把雷米团团围住了，丽丝扑到他身上哭了。分别是难过的，雷米早就经历过多次这样的场景了。或许，这就是生活，有时候很残酷。雷米鼓足勇气，决定独自上路，继续原来的生活。

“团团围住”表现了米根一家对雷米的不舍，尤其是丽丝的一“扑”，更是展现了丽丝对雷米特殊的深情。

这一决定表现了雷米历经生活锤炼之后的成熟。

晚上，几个孩子都很难过，谁也睡不着。

第二天，卡德琳娜姑妈租了一辆大马车，先送他们去监狱和父亲告别，然后，各自拿着自己的小包乘坐火车分路出发。

米根一家人对雷米的不同礼物非常贴切地展现了每个人不同的性格特征。丽丝的礼物更是饱含了对雷米的纯真爱意，这也为下文的发展做了铺垫。

出发前，艾蒂奈特也把雷米叫到花园，递给他一个装满针线和剪刀的小盒子，让他带在身上以便缝缝补补。亚历克西也跑过来把自己辛辛苦苦积攒下的一枚一百苏的硬币塞给了雷米。邦雅曼更没有忘记雷米，他送给雷米的礼物是他心爱的小刀。作为交换，他要雷米给他一个苏，因为他害怕“刀把友谊的纽带割断”。

马车的车轮转动，准备出发了。丽丝不顾姑妈的催促，走到玫瑰树下，从树上折下一截玫瑰枝，枝上有两个含苞欲放的花朵。她转身看着雷米，将玫瑰枝一分为二送给雷米一枝。丽丝虽然没有说话，但她美丽的眼睛已经把她要表达的意思准确地传递给了雷米，雷米当然理解她的心情，他感激地收下了这个礼物。

行李早已装上马车。分别的时刻已到，卡德琳娜姑妈让孩子们上车，雷米把丽丝抱到车上。

这两句分别的话同样的决绝，但蕴涵的感情和心境决然不同。

“上路！”她关上了车门，喊了一声。

马车走了。雷米在泪眼蒙眬中瞥见丽丝的头贴着放下的车窗，用手给了他一个飞吻。车子在街角急速转了个弯，留下的是一阵阵飞扬的尘土。

“卡比，走！”

雷米背着竖琴，带着卡比，迎着阳光，迈向大路。暖洋洋的阳光和蔚蓝色的天空让雷米想起了和师傅累倒在墙角下的寒夜。两年的短暂停息，给了他力量，让他收获了无比深厚的友谊。尽管现在仍是只身上路，但他已经不再是浪迹天涯的孤儿了，他有了新的生活目标——要成为一个有用的人，使自己爱的人和爱自己的人快乐。

在经历各种生活磨难之后，雷米终于懂得了生活的真谛与意义。

一种新的生活憧憬激励着雷米，往前走！大胆地往前走！

情境赏析

雷米在走投无路的窘境中被善良、好心的米根老爹收留，并成为米根家的一员。雷米历经磨难后，终于过上了一段安定、温暖的日子。在这段日子里，雷米与米根一家人结下了深厚的感情。但是好景不长，突如其来的自然灾害击碎了米根一家人的辛勤努力成果，还让米根老爹因此遭受牢狱之灾。

文章用丰富的感性词汇将雷米及米根一家人的快乐与悲伤描述得极为生动，让浓郁的亲情穿插在其中，在讲述文中人物命运转折的过程中，刻画了令读者印象深刻的人物性格，同时还揭示了当时社会农民即使辛勤劳动也无法保证安定生活的悲剧命运。

名家点评

《苦儿流浪记》是一面反映生活的明亮的镜子，但是，又是一面离奇的镜子。它映照出来的，既有本来面目的生活，也有涂上了斑斓的离奇色彩的生活。

——茅盾

险象环生

第十一章

雷米继续流浪。可喜的是，他碰到了一个以前的朋友。这个朋友是谁呢？以后又发生了什么事情？

这几天，雷米的头脑中总是浮现出在阿根老爹家的那段快乐生活。这位老人两年来对他十分关爱和照顾，就像他的父亲一样。他决定在离开前去看看他，和他道别。

第一次来到监狱的雷米感到这里既丑恶又阴森，让人望而生畏。但是为了能见到老爹，他还是勇敢地迈进了这扇沉重的大门。

他被引进接待室。老爹很快就出来了，他并没有被戴上脚镣和手铐。

“我一直在等着你，我的小雷米。”他对雷米说，“卡德琳娜没有带你和孩子们一起走，我责备了她。”

早上的别离一直使雷米感到很憋气、难过，可是老爹的话一下子温暖了雷米的心。雷米说自己能理解卡德琳娜太太的难处，同时也向老爹说了将来打算要靠演出养活自己和卡比的打算。他还答应老爹替他去看望兄弟姐妹们，给大家传达好消息。

阿根老爹长时间地看着雷米，然后突然握住他的双手：

“好啊，孩子，你能讲出这种话，我很高兴。你的心肠真好。祝你好运，我亲爱的孩子！”

接待室里只有他们两个人，雷米激动地扑向米根老爹的怀里，他因为听到了这样的赞扬而自豪万分。

过了一会儿，两个人都沉默了下来，时钟在“滴答滴答”地走动，分别的时刻就要到了。

老爹用手在他坎肩的口袋里摸了摸，掏出一只大银表，那银表是用一根细的皮带系在纽扣孔眼上的。

“你就要走了，我不送你点儿纪念品，那怎么行？这是我的一只表，送给你。它不值什么钱，走得也不准。不过，这是我眼下的全部财产了。你知道我在这儿是用不着看时间的，所以我把它送给你，希望你永远都是好孩子！”

雷米的泪水又涌了出来，他激动得说不出话来。

探监的时间到了，雷米吻别了阿根老爹，依依不舍地离开了这位慈爱的老人。

现在，除了卡比，雷米又有了一只属于自己的表，他觉得自己不那么孤独了。他决定回夏凡侬村去看看养母。

这次他想偷偷回去，因为他害怕巴伯兰，怕他知道师傅去世的消息，再把他卖给别人。

他买了张地图，踏上了去夏凡侬的路。

当他走到一个教堂时，忽然看见一个衣着破烂的小孩儿坐在教堂的台阶上，他有个大脑袋，眼睛水汪汪的，神态温顺，模样儿可笑——原来是马西亚！

雷米走上去仔细看了看他。这时，少年也认出了雷米，惨白的脸上露出了微笑。两个人开心地对视着，同时叫出了对方的名字。从马西亚口中，雷米得知伽罗福里因为打死了一个孩子坐了班房。这让雷米感到由衷的高兴，他第一次觉得原来那些恐怖的监狱也是有用场的。

马西亚也说了自己的遭遇。上次雷米离开后他就住进了医院。出院后师傅把他卖给了马戏团做柔体表演，但因为他的头太大不能钻箱子又被抛弃了。他现在靠拉小提琴糊口，可是生意惨淡得很。他哀求雷米让他加入他们的行列，他愿意做任何事情报答雷米。

马西亚的苦求轻轻地捣碎了雷米的心，眼泪湿润了他的眼睛，他再没有理由拒绝这个和自己一样可怜的流浪儿：

“好，我们上路吧！不过，你不是仆人而是我的伙伴。”

走了不久，他们就走出了巴黎。

傍晚时分，他们来到一个农家。这家的院子里洋溢着一片喜气，人人都穿着节日盛装，这会儿正举杯痛饮。原来他们在举行婚礼。依雷米的经验，这时候他们肯定用得上音乐的，好让他们尽情地跳舞。于是，他上前向主人深深鞠了一躬，说明来意，主人愉快地答应了。

雷米和马西亚用竖琴和小提琴合奏起来，尽管是第一次，但在演奏舞曲的时候两人配合得相当默契。农家的客人们伴着音乐跳起舞来。雷米发现马西亚的小提琴拉得像师傅一样好。

一会儿，有人给他们拿来了短号，马西亚轻松地给大家演奏了起来。舞伴们开心地跳着，不让他们有喘息的时间。直到深夜，客人们才尽兴。人们纷纷给了他们赏钱，新郎更是大方地把五法郎投进卡比的帽子里，还请他们饱餐了一顿，并让他们在谷仓里过夜。第二天，当雷米离开这好客的人家时，发现他们已经有二十八法郎的财产了。

“马西亚，全靠了你，我们才赚到这么多钱，”雷米对他的伙伴说，“我一个人是不可能组成一个乐队的。”

这笔收入让雷米用不着精打细算便添置了一些他认为必不可少的东西，三法郎的一支短号、绑袜子用的红绸带。他还给马西亚买了一个军用背包。

一连好几天，每天有好几场演出，他们的收入都很不错。自从有了马西亚这个搭档，雷米的节目丰富多了。马西亚简直就是个音乐天才，他会用小提琴演奏各种大自然的声音，乐曲悠扬动人。雷米常常想，如果他能有一个好的老师，说不定会成为真正的演奏家呢。一段时间来，雷米和马西亚相处得十分融洽，就像是亲兄弟一样了。

由于他们努力的演出，雷米的钱越来越多。他想起了巴伯兰妈妈，想为她买一个礼物，来报答一点儿她的养育恩情。买什么好呢？

对了，买条母牛吧！它会使妈妈不光现在而且晚年也会幸福的！雷米心里想着，仿佛看到了妈妈见到奶牛的高兴劲儿，心里甜蜜蜜的。他们很容易地就从牛贩子那儿打听到买一头多产奶而又吃得少的奶牛，起码得一百五十个法郎，而雷米身上所有的钱离这么一大笔款子，还差得远哩！

雷米决定暂时不去夏凡侬村，先去瓦尔斯煤矿找寄住在亲戚家的亚历克西。说不定，在那里，他们还可以挣到一百五十法郎呢。雷米把这个想法告诉了马西亚，他一点儿也不反对："去吧，我早就想见识见识矿山了！"

瓦尔斯煤城坐落在塞文山脉中的一个向地中海倾斜的山坡上。为了沿途安排演出赚钱，雷米他们总是选择城市和大的市镇停留，因此绕了不少路，花去将近三个月的时间才到达瓦尔斯城。

他们到达瓦尔斯煤矿的时候，已经下午了。他们一路打听，来到了亚历克西家门口，却得知他跟伯父下矿井去了，留守在家的婶婶对远道而来的雷米一行招待很冷淡，只是告诉他们亚历克西要到六点才能出来，连家门都没让他们进。雷米和马西亚只好带着卡比先找了家面包店填饱了肚子，然后赶到矿山出口处等亚历克西出来。

六点钟刚过，雷米发现在漆黑的巷道深处，有好些小亮光在迅速增大，下班工人拿着矿灯走上地面来了。

他们的面孔都黑得像刚从烟囱里爬出来似的，衣服和帽子上沾满了煤屑和煤浆。要不是亚历克西跳过来搂住雷米的脖子，雷米怎么也认不出来。他从头到脚全是黑的，一点儿也不像那个在花圃里穿着干净、皮肤白皙的男孩子。

“雷米，你来了真好！”亚历克西搂着雷米，高兴地把他介绍给了加斯巴尔大叔。大叔和阿根老爹一样开朗和气，晚上留他们在家吃了饭，并安排雷米他们的住宿。

整个夜晚，亚历克西和雷米谈了很多，谈得最多的就是他的井下生活。在煤矿井下工作是非常危险的，有好多人就死在了下面。雷米听了，对这个工作更加好奇，想要亲自下井去看一看。但亚历克西却说不行，因为只有在里面干活儿的人才能下去。雷米没打算留在这儿，他只好放弃这个念头了。

就在雷米预定要离开瓦尔斯的前一天，亚历克西受伤了，由于操作不熟练，他的右手被一大块煤砸着了，半个手指头砸坏了。整只手青肿得可怕。医生给他包扎后说手指头会长好，但必须休息。

这可让加斯巴尔大叔犯愁了，亚历克西手伤了，他推车的工作没有人代替，可怎么办？

懂事的雷米明白大叔的烦恼，他决定暂时接替亚历克西，来报答加斯巴尔大叔这些天的热情款待。

“可是，推车很累，又有危险。你能行吗？”加斯巴尔大叔担心地问。

“没关系，亚历克西能做，我也可以。等他伤好了我再离开。”

“你真是个好孩子！那就这样说定了，明天你就和我一起下去。”

雷米答应了加斯巴尔大叔，又询问马西亚是否愿意带着卡比在附近演出，这样他们可以什么都不耽误。马西亚立刻高兴地答应了。

第二天，雷米穿上亚历克西的工作服，跟着加斯巴尔大叔走向矿井。

“注意！”大叔把矿灯交到雷米手里时说，“踩着我的脚跟走。从木梯上下去的时候，在还没有踩稳下一个梯级前，千万不能挪动脚步，小心踩空。”

他们向着巷道的深处走去，雷米紧跟在大叔后面。第一次下井，第一次离开阳光进入黑暗，总难免感到提心吊胆，雷米本能地转身向后看看，发现他们已经在巷道里前进得很深了，那个在漆黑的、长长的巷道口外面的天空，看上去成了一个不大的白色圆球，它像一个悬挂在没有星星的昏暗天空的月亮。

当他们来到工作的地方之后，加斯巴尔大叔就教雷米怎么干活儿了。当他们的吊斗装满煤块后，他就和雷米一起推车，教他怎样从铁轨上把煤运到提升井下面和怎样避让迎面而来的别的推车工。

几个小时下来，雷米已经很熟练了，但也累得够呛，但他毕竟是经过了几年艰辛生活的磨炼，这点疲劳算不了什么。

在加斯巴尔大叔干活儿的采区旁边，有一个也是干推车活儿的矿工，他不是童工，而是个白胡子老头。

在吃饭的时候，雷米和他互相认识了，他很快就把雷米当朋友看待，闲聊时他常常给雷米讲一些可以满足雷米好奇心的东西。

“煤，”他对雷米说，“其实就是木炭。我们把现在你看到的木头放在壁炉里一烧，就成了木炭；而煤炭呢，它是生长在古老的森林中的树木，靠自然的力量，比如说火灾、火山爆发、地震等，变成了煤。”

这个老头，人称“老夫子”，年轻时读过很多书，雷米从“老夫子”那里学到了很多煤的知识，并有机会见识了他的宝贝——各种各样的矿石和煤块。

不知不觉间，雷米到井下做工已有一段时间了。这天，雷米正推着煤车从升降机那里回来，突然听到一声可怕的轰隆声，接着，“噼里啪啦”的响声在各个角落回响着。紧接着，有一大群老鼠从他身边蹿了过去，它们似乎惊恐万状，就像一队骑兵在逃命。接着，雷米听到奇怪的沙沙声，好像有流水在巷道里冲击着地面。

雷米拿着矿灯到近处的地面上照了照，想看个究竟。没等他看明白，大水就从井口的方向涌来，并在巷道中逐渐升高。那骇人的轰隆声，正是大水倾泻的声音。

他把煤车扔在铁轨上，向采区奔去。

“加斯巴尔大叔，矿井进水啦！”

“说什么傻话，哪来的水？”

“河底下有了漏洞啦！快逃命吧！”

“别开玩笑了！”

“您听啊！”

雷米的喊声十分激动，加斯巴尔大叔把短镐放下，也认真地听了起来。同样的声音继续响着，而且越来越响、越来越可怕。

当加斯巴尔大叔确定有水冲过来时，他一边抓起矿灯狂跑，一边大声呼喊，让大家赶紧逃命。

巷道里的水位迅速上涨，没到了他们的膝盖，“老夫子”也和他们一起跑了起来。他们三个人在跑过一个个采区的时候，把这个消息告诉了工人们。于是，工人们迅速跟了上来。

在到达最后一个梯级前，一股大水像瀑布一样劈头冲了下来，把他们的矿灯扑灭了。

雷米、加斯巴尔大叔和“老夫子”牢牢地抓住梯级不放，可是走在他们后头的人却被卷走了。但是他们三个还不能算得救了，因为还要再走五十米才能到达地面，而大水淹没了这里的巷道。他们又没有照明，矿灯已经熄火。

就在这时，巷道中有七八盏灯火正朝着他们的方向移动。水已没到他们的膝盖，用不着弯腰就能碰到水面。这不是静止的水，而是一股洪流，形成了一个大旋涡，能把它所经过的地方的一切都卷走。他们看到一段段的木头像羽毛一样在水面上打着旋。那些提着矿灯的工人正向他们这边跑过来，是想顺着巷道走到梯子跟前去，但是在激流面前，这是做不到的：怎么能迎着这股激流前进呢？怎样去顶住激流的冲击和迎面冲来的坑木呢？

这些人绝望地喊道：

“我们完了！祈祷吧！雷米。”

“对了，从那边过。”“老夫子”若有所悟地喊道，他似乎是唯一头脑还清醒的人，“有一个地方我们可以躲一躲，在废井那边。”

废井只是一个久已废弃的矿井的一部分，老夫子对那里非常熟悉，他经常去那里收集藏品，其他的人都没去过。

“往回走！”他喊道，“给我一盏灯，我给你们带路。”

平时他一开口，人们不是当面嘲笑他，就是转身去耸耸肩。但是眼下最强壮的人也已失去他们引以自豪的力量，他们在五分钟之前还嘲笑这个老汉，现在一听到他的声音，所有的人都服从了，都把自己的矿灯递了过去。

于是，他们顺着激流的方向，沿着巷道走开了，可只走了不远，他们就停了下来。

“我们来不及了，”“老夫子”喊道，“水涨得太快。”说话间，水已经从他们的膝盖涨到腰部，又迅速从腰部涨到了胸部。他们没有等待和选择的余地，只好爬上没有任何通道的山眼的工作面。否则，继续沿着巷道奔跑，几秒钟之内就会被吞没。

“老夫子”在前面领路，他们走到了一个上山眼工作面，刚站上去便听到一阵震耳欲聋的响声：矿井的塌陷声、旋涡的呼啸声、洪水的倾泻声、坑木的断裂声以及被挤压的空气的爆炸声，他们被整个矿井中的这种恐怖的喧嚣声吓呆了。

“世界末日到了！”

在工作面上平静地待了一会儿，雷米看到跑到这里的一共有七个人：“老夫子”、加斯巴尔大叔、巴契、贡贝鲁、贝关乌、卡洛利和自己。其余的矿工都在巷道中失踪了。

可怕的声音继续在矿井中轰隆隆地响着，每个人都惊恐万分。

有人问“老夫子”水会不会涨到他们站的工作面上时，他肯定地说不会：

“你想想，当你把一只杯口向下的玻璃杯，扣到一只盛满了水的桶里去的时候，难道水能一直升到杯子的底部吗？不能，对吧？杯底还有一块空隙。那好，这个空隙是由空气占据着的，我们这里也是同一个道理。我们现在就在杯子的底部，水不能淹没我们。”

加斯巴尔大叔赞同了这一说法，并提议大家都听“老夫子”的。

“如果大家听我的，就把灯油熄灭。”“老夫子”下令道。

“为什么？”

“节约氧气啊！我们是靠氧气呼吸的，如果氧气不够了，我们就会感到不舒服，甚至窒息。”

“怪不得我头疼呢。”

“我也觉得有点儿胸闷。”

灯熄灭了，矿井中一片沉寂，听不到别的任何声音，脚下的水一动也不动，没有波纹，没有响声，就像是“老夫子”说的那样，矿井已经灌满了水。大家都一副垂头丧气的样子。

“老夫子”打破了沉寂，说：“现在，我们看看有些什么吃的东西。”

这时，所有人都翻遍了自己的口袋，可只有雷米从口袋里摸到一把面糊，吃剩的面包被水泡成了这样。他很失望，想扔掉它，但“老夫子”却阻止了他，说一会儿会有用的。

尽管“老夫子”神色坚定，雷米却很绝望。沉寂使他颓丧，工作面上不牢靠的巷道壁使他惴惴不安。

突然，寂静中响起了加斯巴尔大叔的声音：

“我看是没有人来救我们了。”

“为什么要把你们的同伴看成是这样的一些人呢?”“老夫子”打断他们的话说，“矿工们是从来也不会互相抛弃的，他们宁肯自己都死掉也决不会撂下一个受难的同伴不管的。但是，我们至少还得在这个坟墓里待上八天，人们要救我们只有两种办法：一是打通一条通往地面的通道；一是排走这里的水。”大家听到这些似乎更加担心了，“大家不要绝望，这样的事以前就发生过。”老夫子又说。

“你们听听！水里有什么在响。”听觉异常发达的卡洛利突然叫了起来。

他们都侧耳细听。声音是一阵儿一阵儿的，很有规律。

“响声是一阵一阵的，它很有规律！啊，伙计们，我们得救啦！这是吊桶排水的声音。”

“吊桶排水啦！”

他们几乎同时喊出这句话，都猛地站了起来。很快，他们就又担心排水工作的进展是否迅速。因为在这稀薄的空气中，没有食物，他们是不可能坚持多久的。

他们承受着精神和肉体上的双重折磨，身体蜷缩在平台上已经麻木了。这狭小的空间让人觉得头昏脑涨。

突然，贡贝鲁疯了似的用小刀割开了自己的手腕，纵身跳进了水里，片刻，黑糊糊的水就将他吞没了。

一会儿，卡洛利也忍不住说："我想喝水！"

"你想喝就喝吧，你最好把坑里的水喝光。"巴契说。

巴契想下去，但"老夫子"拦住了他。

"你会把边上的横木档头踩塌的，雷米比你轻也比你灵活，让他拿我的靴子下去取水。"说完他把靴子递给雷米，并嘱咐他小心。

雷米准备滑到水边去。

"等等。""老夫子"说，"我拉住你。"

"您放心，我掉下去也没关系，我会游泳。"

"我拉着你。"

就在"老夫子"俯身向前时，他顺着工作面的斜坡滑了下去，栽进了黑咕隆咚的水里。他手里拿着的那盏照明的灯也跟着滚了下去，立刻不见了。顿时，大家不约而同地发出声嘶力竭的喊叫。

雷米见状顺势仰天一躺，紧跟着"老夫子"滑到了水里。他一把抓住了"老夫子"，在和维泰利斯一起旅行的时候，他早已学会了一身游泳的好本领，即便在水里也能如履平地般自在。

在加斯巴尔大叔的指挥下，他朝左面的方向游去。

"点盏灯！"

加斯巴尔大叔和卡洛利俯身向雷米伸出了手。巴契也从他的位置上移下来一点儿，拿着灯为他们照亮。"老夫子"一只手被加斯巴尔大叔拉着，另一只手被卡洛利拖着，雷米使劲儿在后面推，通过大家的齐心协力，"老夫子"和雷米终于获救了。

不一会儿，"老夫子"醒了过来，他和雷米紧紧地抱在了一起。

第十二章 买牛报恩

从矿井下出来后，大家请他留下来做工人，他答应了吗？雷米想给养母买头奶牛的愿望能实现吗？

后来，所有的食物都被大家吃完了，卡洛利饿得实在熬不住了，拿起一只靴子嚼了起来。

看到此情此景，雷米想起了维泰利斯讲过的一个故事：一帮水手被困在大海中的一个孤岛上，他们没有找到任何吃的东西。这时他们看到身边一个少年见习水手，最后少年水手成了他们的晚餐。想到这些，雷米更加害怕了，自己会不会也和少年水手同样下场？

十几个钟头过去了，仍不见救援的人出现。大家只能靠睡觉来打发时间，慢慢地大家都已经绝望了，包括“老夫子”在内。后来，他吩咐大家写遗书。

大家都同意他的建议，在各自的纸上写起来。

雷米也写下了他的遗书：

“我的卡比和竖琴留给马西亚，请亚历克西代我寻找丽丝，并把我上衣口袋里干枯的玫瑰还给她。”

“你呢，卡洛利？你要写什么？”巴契问。

“我吗？”卡洛利喊道，“厨房里还有很多蒸栗子，赶快拿给我母亲吃吧！”

大家听了，不由得大笑起来，心情也轻松多了。

这时，工作面的煤壁上发出“扑通，扑通”的响声，好像有小煤块掉进去一般。他们点亮灯，看见老鼠在工作面下面乱窜。

“打起精神来，”“老夫子”高兴地说，“老鼠的出现说明洪水已经退了。”

饥饿的卡洛利见到老鼠，高兴地说：“我们先抓几只老鼠吃吧！”

卡洛利的话提醒了雷米，他爬到“老夫子”身边，问他能不能让自己游到梯子那儿去喊人，这样他们就会尽快得救。

“老夫子”沉思片刻以后，拉着雷米的手说：

“你真是个好孩子，按你说的去做吧，不可能的事情有时候也会得到成功。你沿着铁轨游可以到达阶梯。”

雷米拥抱了“老夫子”，又拥抱了加斯巴尔大叔，然后脱掉衣服准备下水。他让大家一直喊着，好让他知道方向。

下水后，雷米小心地游动着。他不时地用脚去探底，碰到铁轨以后，就慢慢地浮上来，继续向前游。

游着游着他就迷失了方向，因为铁轨摸不到了，同伴们传来的呼喊也十分微弱，几乎已经听不到了。雷米吓坏了，他浮在水面上，一动不动，四肢像瘫痪了一样。

突然，喊声又响了起来，雷米赶快朝着那里游了回去。

“我没有找到巷道的出口。”雷米回到工作面，很是失望地说。

“没关系，通道正在向我们这边掘进，他们已经听到我们的喊声，我们也已听见他们的声音了，再忍耐一下，我们快得救了。”

雷米爬上工作面听着，确实，手镐的声音响得多了，营救他们的人的喊声已经清晰可辨了。

终于，他们听见了第一句问话：

“里面有多少人?”

“六个!”加斯巴尔大叔大声地回答。

“你们都叫什么名字?”

加斯巴尔大叔报着他们的名字，这时，在外面守候的被淹矿工的亲属和朋友都蜂拥而来，当听到这六个人的名字的时候，多数家属失望的痛苦是可想而知的了。

抢救工作进行得很快，挖掘的声音逐渐变大，小的煤块被震得脱落了下来，顺坡滚进了水里。

雷米再也支持不住了，躺在碎煤堆里，浑身发抖。

一个很大的声音从上面传下来:

“快趴下，小心受伤!”

有几块大的煤块掉了下来，随即就是“轰隆”的一声，工作面上被打开了一个大口子，底下的人们被突然的强烈的亮光刺得一阵晕眩，睁不开眼睛。六个人被人抬着出了矿井。

等待许久的卡比、马西亚、亚历克西看到矿井下的人被抬出来了，飞快地跑了过去。当看到昏迷的雷米，都激动得亲吻了他。周围的人都默默地让出了一条路，好让担架上的人尽快得到救治。

后来，雷米才知道，这次事件是由于镇郊外的河水泛滥，倒灌入煤矿引起的。雷米下井的那天，大雨持续了整整一个上午，滚滚的大水冲垮了堤防。在一号采煤场的二百五十多个矿工，除雷米等六人生还外全部遇难。

因为一起经历了生死考验，雷米和其他被救的五个人都成了好朋友。特别是“老夫子”和加斯巴尔大叔，对雷米来说，更是成了他一生中最难忘的朋友。

加斯巴尔大叔希望雷米继续待在矿上当一名工人，可是，他谢绝了所有人的好意，决定和马西亚、卡比一起过他们自由的流浪生活。这次灾难使雷米对煤矿产生了深深的恐惧，一想到要重回矿井工作，他心里就发慌，紧张得透不过气来。

一个星期后，雷米就和亚历克西、加斯巴尔大叔和“老夫子”告别，带着马西亚和卡比再次踏上了征程。

卡比高兴地在地上直打滚儿。蔚蓝的天空，徐徐的轻风，眼前的一切在雷米的眼里是那么美好，他的心仿佛飞起来了，感到了一种前所未有的称心满意。

在雷米下井工作的时候，马西亚挣得了十八个法郎，和他们原本存有的钱加起来，就有了一百四十六个法郎。这样，买一头奶牛就只差四个法郎了。

马西亚认为一百五十法郎要买头好奶牛有可能还不够，他很想再多挣点儿，买头漂亮的奶牛，让巴伯兰妈妈更高兴。

一路上，他们在游人如织的城市，又赚了六十八个法郎。

这样他们就有了二百一十四法郎。雷米听说在于塞尔有个牲口大集市，所以他决定取道于塞尔向夏凡侬进发。

一个牲口集市！这不正是他们要去的地方吗？他们终于能买一头出色的奶牛了。这头奶牛是一头他们想象中的最好的奶牛。它应该是白色的，这是马西亚的愿望；它应该是枣色的，这是雷米的愿望，因为他要纪念可怜的露赛特；它应该是温驯的，一天能出好几大桶奶，这是雷米同马西亚共同的愿望。这一切是多么美好，多么迷人啊！

梦想即将实现，可是麻烦也接踵而来。怎样挑选一头真正具有一切优点的好奶牛呢？这是个大问题，因为他们不知道凭什么来识别一头好的奶牛。

一路上，他们在客栈里听人讲了许多稀奇的故事，都是关于那些诡计多端的骗子的。有个故事说，一个乡巴佬在集市上买了一头奶牛，这头奶牛的尾巴不但漂亮而且能够自己甩到鼻子上赶苍蝇，有这样一条尾巴谁能够不喜欢呢！乡巴佬高兴地把牛牵到了家里。第二天早上，他去牛栏一看，这头牛根本就没有尾巴，那条摆来摆去的尾巴，原来是一条粘在它尾巴上的、用女人发辫做成的假尾巴。另外一个农民，当他刚想为新买的奶牛挤奶时，发现牛的奶子是用气吹大的，因而一天一夜也挤不出两杯奶来。这些故事，经常让他们不寒而栗。

为了避免上当受骗，唯一的办法就是请一位兽医来帮忙。即使要花钱，也是一笔值得花的钱。于是他们又欢欢喜喜地去找医生了。

来了于塞尔，雷米真是感慨万千啊！他们在路上只花了两天的时间，清晨以前就到于塞尔了。

就是在于塞尔，雷米第一次在观众面前扮演了《心里美先生的仆人》这出戏里的角色；也是在于塞尔，维泰利斯给他买了第一双皮鞋，那钉了鞋钉的皮鞋曾使他感到莫大的欢乐。可是，可怜的心里美，这个穿着红色制服的英国将军，它已经不在了。泽比诺和可爱的道勒斯也不在了。可怜的维泰利斯，雷米再也看不见他那令人肃然起敬的气概了……想到曾经的伙伴们，雷米的心情十分忧郁。

将行李和乐器放在雷米曾和维泰利斯一起住过的旅店后，他们就开始去寻找兽医。

兽医听了雷米要买奶牛的原因后，十分感动，决定无偿帮助他们。

第二天早上，他们就来到集市。各种各样的奶牛正等着出售，看得雷米和马西亚眼花缭乱。马西亚认为一头白色的很不错，雷米则想要那头枣色的。

兽医则说服他们买了另外的奶牛。那是一头小奶牛，细长的腿，毛色发红，耳朵和面颊是棕色的，眼睛周围是黑色的，围着鼻尖有一道白花儿。

“这是一头出色的奶牛，正是你们要的那种。”兽医说。

有一个瘦个子农民用缰绳牵着它，他开出了价格——三百法郎。

这头机灵、漂亮、神态狡黠的小奶牛早已征服了他们的心，可是一听这价钱雷米又大为丧气。

三百法郎！他买不起。雷米向兽医暗示，表示他们应该另选一头，兽医也向雷米暗示，他认为应该坚持还价。

可是争论到最后，双方僵持住了。于是兽医走近这头奶牛说："这头牛的腿太细，脖子又太短，角太长，胸部也不发达，奶子更是不好。”

农民一听这话，极力留住他们，终于减到二百一十法郎。

“好吧，就二百一十法郎。”雷米说，以为这就完事了。

当他伸手去接牛缰绳的时候，农民说牛的笼头另外算，雷米只得答应。

买完牛，雷米身上一个苏都不剩了，他已没有钱去养活它，也没有钱养活他们自己。

据马西亚的观察，咖啡馆附近人群很密集，只要组织一场演出，马上就会有钱了。

他们把奶牛牢牢拴在旅店的牛栏里，紧紧地打了好几个结，然后就分头去干活儿。到了晚上在清点当天进账的时候，马西亚挣了四法郎五十生丁，雷米挣了三法郎。他们又有钱了！

他们决定请旅店厨房里的女工给奶牛挤奶，他们喝着牛奶当晚餐，他们从未喝过这样鲜美的牛奶。马西亚声称，这奶是甜的，还有一股橙花精露酒的芬芳味儿，就跟他在医院里喝过的一样，比那味道还要好得多。

他们兴高采烈，在奶牛的黑鼻子上吻了又吻。它似乎懂得这种爱抚，也用粗糙的舌头亲昵地舔他们的面颊。

“你看它吻我们呢!”马西亚快乐地叫起来。

第二天早上太阳一出来，他们就立即上路奔向夏凡侬。

将近十点钟，他们路过一处地方，那儿的水草很茂盛。他们于是放下小包裹，把奶牛牵到沟边去。

雷米本想把缰绳牵在手里，但奶牛是那样的老实温驯，那样专心致志地吃着青草，于是他放下缰绳，坐在一旁吃他的面包。

他们对它欣赏了好一阵以后，马西亚说：

“我给它用短号吹一首曲子怎样？它很难老老实实待一会儿，加索马戏团有一头奶牛，很喜欢听音乐。”

马西亚没再问雷米，就开始吹起阅兵进行曲。

谁知奶牛一听到头几个音符就抬起了头；然后没等雷米抓住缰绳，它就突然狂奔起来。

他们赶紧跟在它后面没命地追。雷米大声叫卡比拦住奶牛。卡比不是牧狗，它没有赶到奶牛的正面去阻止它，而是扑了过去在后面咬牛的腿。可想而知，这当然拦不住它。他们只好在后面拼命追赶。

奶牛朝一个村子奔去。在那里，一群人挡住了它的去路，并把它逮住了。

这时，围住奶牛的人也越多。当他们终于跑到奶牛跟前的时候，这些人看着雷米和马西亚，便议论纷纷起来。

雷米以为只要说一声奶牛是他的就行了。可是人们不但不给他奶牛，反而把雷米围起来，提了一连串的问题：

“你们是哪儿的人？你们的奶牛是哪儿弄来的？”

他们的回答很简单，也很容易，但说服不了这群人，有两三个人还高声喊叫，说从他们手里跑掉的奶牛是偷来的，应该把他们扔进监狱，等把事情弄清楚再说。

一提起监狱，不禁使雷米不寒而栗，他不知道该怎么解释。雷米脸色发白，嘴里结结巴巴，加上跑得上气不接下气，他实在难以为自己辩白了。

就在这时候，来了一个宪兵，人们七嘴八舌地向他讲述了事情的经过。这个事情他也搞不太清楚，他宣布要扣下雷米的奶牛，把他们送往监狱，再看事情的结果。

雷米知道与警察争论会有什么后果，只好跟着宪兵先生走了。

他们就这样进了监狱。正当雷米寻思他们会被关多长时间的时候，马西亚走到他跟前，耷拉着脑袋。两个人都为自己的愚蠢懊恼不已。

“你最好还是揍我一顿，这样我就不会太自责了。我们可怜的奶牛，王子的奶牛啊！”马西亚哭了起来。

现在轮到雷米来安慰他了。雷米给他解释说：

“我们什么也没干，不难证明我们的奶牛是买来的，于塞尔的兽医不就是我们的证人吗？”

牢门“吱呀”一声打开了，这是生锈的门轴发出的声音。他们看见一位满头银丝的老先生走进来，他慈祥开朗的面孔顿时使他们产生了希望。

“喂，起来吧，坏蛋！”狱卒说，“好好回答治安法官的问题。”

“有人指控你们偷了一头奶牛。”马西亚被带下去以后，治安法官转身对雷米说，他的两道目光盯着雷米。

雷米回答他，他们是在于塞尔集市上买的奶牛，于塞尔的一位兽医可以为他们作证。

“你们为什么要买一头奶牛呢?”

“我们要把奶牛带往夏凡侬，赠送给我的养母巴伯兰妈妈，报答她的养育之恩，也作为我爱她的一种表示。”

“是不是前几年在巴黎受伤致残的泥瓦匠的妻子?”

“是的，治安法官先生。”

“这需要核实。”

对于这句话，雷米没有很爽快地请他去查问。

看到雷米窘迫的样子，治安法官步步紧逼地向他追问起来。雷米解释说，他们打算要给巴伯兰妈妈一个惊喜，如果他去巴伯兰妈妈那儿打听，那么他们的这一番心思就会落空。

在窘迫之中，雷米又感到非常的高兴。既然法官先生认识巴伯兰妈妈，还要从她那里知道他叙述的真假，这就证明巴伯兰妈妈一直活着。

“你们从哪里弄到足够的钱来买这头奶牛?”

雷米给他解释，他们是怎样从巴黎到瓦尔斯，又怎样从瓦尔斯到蒙多尔，一路上怎样一个子儿一个子儿地挣钱，又是怎样一个子儿一个子儿地积攒这一笔钱的。

“你们到瓦尔斯去干什么?”

这个问题使雷米不得不从头说起。老法官听说雷米曾经被活埋在矿井里的时候，打断了他的话，用一种温和得近似友好的声音对雷米说：

“那么你讲讲瓦尔斯矿井灾难的经过吧。我很了解这次灾难的经过，如果你不是真正的雷米，看我怎么收拾你!”

雷米把矿井灾难的故事讲完后，法官用温柔同情的目光长时间看着他。雷米以为他会马上给他们自由的，但他却让雷米等一等，他大概要去问马西亚，看他们两人说的是否吻合。

一会儿，治安法官先生终于和马西亚一道回来了。

“我要派人去于塞尔了解一下情况，”他说，“如果证词和调查都能证实你们的陈述，明天就释放你们。奶牛也会还给你们。”

治安法官一走，雷米立即兴奋地对马西亚说：“马西亚，巴伯兰妈妈她还活着！”

“王子的奶牛就将凯旋般地进村了。”马西亚说。

他高兴得又跳又唱，雷米拉着他的手，也被他的情绪感染了。一直忧愁不安的卡比也加入到他们中间，他们简直忘记了自己还在监狱里，旁若无人地跳起了舞。

晚上，法官让人给他们送来了满满一罐牛奶，还有一大块白面包和冷牛肉。雷米他们第一次享受了在监狱里的优厚待遇。

第二天早上八点钟，牢门开了。他们看见治安法官走了进来，后面跟着来作证的兽医，他要亲自来看着他们得到释放。

这位友好的法官和他们握了握手，兽医拥抱了他们。

获得自由的他们得意扬扬地牵着奶牛在街上走着。

他们可算是吸取了教训，不敢再松开缰绳了。他们的奶牛脾气确实是温驯的，但容易受惊。

他们一路上马不停蹄，总算赶到了雷米和维泰利斯过夜的那个村子。现在，只要再穿过一大片荒野，就可以到达通往夏凡侬的山坡。雷米想起了曾经答应要在巴伯兰妈妈家请马西亚吃油煎鸡蛋薄饼的事儿，于是到食品杂货店买了一磅奶油和面粉。至于鸡蛋，他怕路上打碎了，就打算到时让妈妈借几个来。

雷米本来不愿意催赶他们的奶牛，但他是那样急着要尽快赶到夏凡侬，所以不知不觉地加快了步子。

还有十公里，还有八公里，六公里。离巴伯兰妈妈越来越近了，雷米非常激动，也有些焦躁不安，他激动地给马西亚介绍沿途的景色和妈妈家的情景。

在这个地方，他对生命有了感觉，享受过妈妈的爱。这里的一切，在他眼里都是美好的，这里的空气中也仿佛有着使他陶醉的芳香。在雷米对马西亚描述每件事的时候，总爱加上一句“你等着吧!”他真切地认为他将把马西亚带到一个最了不起的地方，难道不是这样吗?

这种醉人的回忆，也感染了马西亚，他也好像回到了出生的故乡。唉！对他来说，这还只能是想象和期望。他热诚地邀请雷米去他的家乡卢卡玩。

“我当然要和你一道去看你妈妈和小妹妹克里斯蒂娜；如果她还是小姑娘的话，我还要把她抱在手里哩！她也是我的妹妹嘛。”

“喔，雷米!”马西亚是那样地感动，连话也说不下去了。

他们边走边聊，时间过得飞快，一会儿就到了山顶。从山坡往下走，是一些弯弯曲曲的山坡小路，它们经过巴伯兰妈妈的房子，通向夏凡侬。

又走了几步，他们便到了护墙，当年就是在这个地方他只能眼巴巴地望着巴伯兰妈妈家，被迫跟着维泰利斯去流浪。一缕黄色的炊烟从烟囱上冉冉升起，微风吹来，把炊烟刮到了他们脸上。回忆使雷米眼睛里充满了泪水，他从护墙上跳了下来，拥抱马西亚。卡比也向他奔过来，雷米把它也抱在怀里。

“快下山吧!”雷米说。

他们很快来到雷米旧居的篱笆前。雷米让马西亚把牛拴在牛栏里。

突然，雷米看见了一顶白色软帽。就在同时，篱笆门吱呀地响了一声。

“快躲好！”雷米对马西亚说。

门开了，巴伯兰妈妈看见了雷米。

她的双手突然颤抖了起来。

“啊，”她喃喃地说，“啊，这怎么可能呢？天主啊，我的天主！是雷米！”

雷米站起来，向她奔过去，紧紧地搂住了她。

“妈妈！”

“我的孩子！这是我的孩子！”

过了一段时间，他们才从激动的情绪中平静下来。

“真的，”她说，“妈妈都快认不出你了，你变了，长高了，也壮实了！”

一声轻微的呼吸声使雷米想起马西亚还蹲在那里，雷米把他叫了出来。

“他叫马西亚，我的兄弟！”雷米介绍说。

“喔！那么你找到你的父母了！”巴伯兰妈妈叫了起来。

“不，他是我的伙伴，我的朋友。这是卡比，它也是我的伙伴和朋友。卡比，快向你师傅的妈妈敬礼！”

卡比用两条后腿站立起来，一只前爪放在胸口，郑重其事地鞠了一躬，逗引得巴伯兰妈妈开心地笑了起来。

马西亚向雷米递了个眼色，提醒他那件礼物还在外面。

雷米提议要去看看牛栏，巴伯兰妈妈同意了，边走边说：“可怜的露赛特走了之后，我就在里面放了些柴草。”

正当巴伯兰妈妈要伸手去推门的时候，牛“哞哞”地叫起来。

“一头奶牛，一头奶牛在牛栏里!”巴伯兰妈妈叫了起来。

雷米和马西亚看到这样的情景再也忍不住了，放声笑了起来。雷米搂住妈妈，骄傲地宣布这是他们送给她的一件意想不到的礼物。这头奶牛是用来补露赛特的缺的，是他和马西亚用自己挣的钱买来的。

“啊！好孩子，我亲爱的孩子!”巴伯兰妈妈喊着，她上下打量着牛，不时发出一阵满意的赞叹。

这时，奶牛还在“哞哞”地叫。

“它是叫我们挤奶呢!”马西亚说。

雷米跑进屋找出了那只擦得锃亮的白铁桶，又把它清洗了一下，以前露赛特的奶就是挤在这只桶里的。

当看见挤了大半桶冒着白沫的鲜牛奶时，巴伯兰妈妈神采焕发，真是高兴得无法形容。

挤完了奶之后，他们把奶牛赶到院里去吃草，他们自己就走进屋子，在雷米进屋找桶的时候，已经把奶油和面粉摆在桌子上最显眼的地方了。

巴伯兰妈妈看见这些礼物，自然又激动不已地赞叹起来，雷米热切地说：

“妈妈，我们都快饿死了，真想吃奶油鸡蛋煎饼。你还记得吗?我在这里过最后一个狂欢节时，您给我做的煎饼特别好吃。我们没有带来鸡蛋，怕在路上碎了。您能不能借几个来呢?”

她好像有点儿为难，雷米明白，也许她过去借得太多，现在不好意思再去借了。

“最好我自己去买，”雷米说，“你先用奶和面吧。叫马西亚给你劈木柴，他很会劈。”

雷米赶紧出去买回了鸡蛋，还买了一小块肥肉。回到家的时候，面已经用牛奶和好，只等着打鸡蛋进去了。

“唉，你呀！”巴伯兰妈妈使劲儿搅拌着面糊，责备雷米为什么不给她写信。她一直惦记着他。

“妈妈，在流浪的日子里我也特别想念您。可是我不敢跟您联系，我害怕巴伯兰再一次把我卖掉。尤其是可怜的师傅死后，我就更不敢了。”

“你的师傅死了吗？”

“死了，我很伤心！他不但教会我怎样谋生，还教给了我一些道理。真要好好感谢他。在那以后，我又碰到一些好人，他们也收容了我，我在他们家里干活儿，过得很愉快。”

“哦，我明白了。”

“我不敢给你写信，并不是不想念你；当我遭到不幸的时候，我就呼唤巴伯兰妈妈来救我。现在我总算能自己做主了，我就马上回来拥抱你。我想送一头奶牛给你，必须先挣下足够的钱，所以要沿途卖艺，演奏快乐和悲伤的曲子，还要赶路，经受痛苦，忍饥挨饿！但是吃苦越多，我们就能得到越多的快乐。是这样吧，马西亚？”

“嗯。我们每天晚上都数钱，不仅看白天挣了多少，还要看已经积攒了多少，看它是不是在增加。”

“啊！你们真是好孩子，好小伙子！”

当巴伯兰妈妈搅拌着面糊准备做煎饼、马西亚劈着木柴的时候，雷米一面说着话，一面把盘子、叉子和杯子都拿到桌子上摆好，然后到水泉边去打了一罐水。

壁炉里的火生起来了，马西亚不断往里面一根根添着树枝。卡比蹲坐在壁炉的旁边，深受感动似的注视着这一切，嘴里发出轻轻的咕噜声。强烈的火光把黑暗的角落照得通亮，这是一个宁静的夜晚。

巴伯兰妈妈把煎锅坐在火上，用刀尖挑一小块黄油让它滑进锅里，黄油立刻融化了。

“味儿真香！”马西亚叫了起来，他凑过去把鼻子放在炉火上面，一点儿也不怕会被烧着。

黄油发出“吱吱”的响声。

一会儿，饼煎好了，焦黄油亮的。雷米和马西亚争先恐后地品尝着。马西亚呼着热气，忙不迭地说，这是他从来没吃过的美味。

第十三章

巴伯兰妈妈告诉了雷米一个好消息，雷米决定不管多么艰难，也要找到自己的亲生父母，他成功了吗？

马西亚吃得饱饱的，为了不打搅雷米和妈妈拉家常，便借口要到院子里去看看奶牛去。

雷米和巴伯兰妈妈说了好多他在路上的经历。巴伯兰妈妈聚精会神地听着，一会儿流泪，一会儿叹气，一会儿又露出欣慰的笑容。等雷米说完了，巴伯兰妈妈满脸笑容地说有一个好消息要告诉雷米：原来是雷米的家里人来找他了。巴伯兰爸爸已经去了巴黎寻找雷米。

对巴伯兰妈妈的神态描写非常传神，三个“一会儿”的使用充分表现出了巴伯兰妈妈跟着雷米讲说经历而跌宕起伏的心情。

雷米急切地询问到底是怎么一回事，妈妈把事情的经过告诉了他。那天，她正在面包房里干活儿，有一个外地人走进他们家找到巴伯兰打听雷米的消息。那人是受了雷米家的委托过来寻找的。可见雷米的家里还是很有钱的。于是，巴伯兰立刻动身去往巴黎，寻找雷米的师傅留给他的一个地址，是一个叫做伽罗福里的乐师的地址。直到现在，巴伯兰也没有带给她什么消息，妈妈推测说可能还在找。

这时候，马西亚从门口经过，雷米叫住了他：

“马西亚，我的父母在找我，我有家了，一个真正的家。”

很奇怪，马西亚没有像雷米那样高兴和激动。

马西亚的神态表现了他内心的敏感。这引起了读者对马西亚内心世界的关注。

晚上，雷米睡在他儿时的床上。在这张床上，他曾度过了无数美好的夜晚！而在流浪的时候，他又是多么怀念这张温暖的床！

疲惫的雷米很快进入了梦乡。在梦里，他梦到了很多人，自己的父母、兄弟、阿根老爹一家人，他们都变成了自己家的人，还有慈爱的维泰利斯师傅，他复活了，机灵的小猴子心里美也还活着。他甚至梦到师傅找回了泽比诺和道勒斯，它们没有被狼吃掉。

梦中的美好是雷米激动心情的反映。

夜里，雷米醒了，觉得自己依旧是和梦中的人物在一起，好像又和他们共同度过了一个夜晚。这样，他自然再也睡不着了。梦中的幻觉逐渐消失，雷米更加清醒了，他想到了眼下的现实：家里的人在找我，可是我要找到家里的人，唯一的办法，是先去找巴伯兰，而且是自己亲自去找他。

可是，巴伯兰妈妈只知道丈夫在巴黎，具体在什么地方，她就不知道了。

因此，雷米决定立即动身去巴黎，亲自去找那个找他的人。他和马西亚商定明天出发。

到了第二天，雷米又一次经历了痛苦的离别。他原以为可以在巴伯兰妈妈身边幸福地过上几天宁静的日子，与马西亚无忧无虑地玩玩从前的游戏。现在可好，又要启程了。离开的前一天，吃完晚饭，雷米和马西亚商量该送点儿什么东西给这个好妈妈。

“我的小雷米，”巴伯兰妈妈对雷米说，“任何礼物都比不上你买的那头奶牛好，因为这是在你穷困的时候送给我的礼物，我不会收到比它更珍贵的礼物了，没有比那更让我快乐开心的了。”

他们终于又走在大路上，背上背着小包儿，卡比走在他们前头。雷米因为想快点儿赶到巴黎，总是不知不觉地把步子越迈越大。

一路上，每当雷米谈起他的家庭时，马西亚总是摇摇头不说话。这让雷米很难过和气愤。终于有一次，马西亚忍不住把心里话说了出来，他是担心雷米成为阔少爷后就不会再理他了。

“亲爱的马西亚，你怎么能说这种话呢？我就是成了有钱人，也不会把你忘记的。我要让你受到最好的教育，你永远是我的亲兄弟。”

马西亚的神态细腻体现了其敏感、细心的人物性格，使其人物形象更加丰满、立体。

日子一天天过去，雷米和马西亚带着卡比沿途卖艺，度过了这一段漫长的旅程。快到巴黎了，雷米的心情越来越激动。可是马西亚却越来越忧郁。原来他是害怕去找巴伯兰的时候遇到伽罗福里，没准这时候他已经从监狱里出来了，到时他肯定会逼着马西亚跟他走的。

用不着更多的解释，雷米很清楚地意识到了这一危险，就让马西亚先躲在一个地方，约定晚上七点在巴黎圣母院大教堂后墙的主教大桥桥头见面。

分手后，雷米走进一家又一家的客栈打听巴伯兰的下落。终于在一家客栈里，他从一个吃饭的客人口中得知巴伯兰住在康塔尔旅馆。他立刻转身向旅馆奔去。

经过卢尔辛街时，雷米向一个老头打听伽罗福里的情况。老头告诉他伽罗福里还得三个月才能出来。

雷米松了一口气，这下马西亚就不用担心了。雷米想，用不着三个月，父母肯定有办法保护马西亚。

对雷米的心理描写体现了他对父母的期待和信任。这与他后来遇到父母之后的心理反应形成了鲜明的对比。

希望和喜悦让雷米很快来到康塔尔旅馆前面。当他向旅店主人——一个脑袋摇晃得很厉害的老妇人提出问题时，她把手掌蜷曲起来挡在耳朵后面，要雷米重复刚才说的话。

对老妇人动作的描写让她的人物形象非常鲜明。

"我的耳朵有些背。"她说话时声音很低。

"我想见巴伯兰，夏凡侬来的巴伯兰，他住在您这里，是吗?"

"天哪！天哪!"她喊叫起来，没有回答雷米的问题，突然间向空中举起双手，那只在她腿上睡得正香的猫吓得蹿到了地上。她问雷米是否就是巴伯兰要找的孩子。

雷米的心一下子抽紧了，他连忙点头。

老人盯着他，头摇得更厉害了。她用嘶哑的嗓音告诉雷米，巴伯兰已经死了，并且他一直严守秘密，想独吞酬金，从来就没跟别人说起过雷米的家庭。幸好他生前说过自己是夏凡侬人，他们据此已经通知他妻子了。

老人的话道出了巴伯兰的贪婪与多疑。

唉！雷米绝望了。命运对雷米如此残酷！他需要巴伯兰的时候，他偏偏死了，而且把雷米的身世之谜都带走了。而雷米的父亲肯定在着急地等待巴伯兰的信息！

雷米噙着泪水，朝着巴黎圣母院大教堂走去。和马西亚约定的时间还没到，他找了一张凳子坐了下来，陷

雷米内心的痛苦反衬出他对家的渴望。

入了痛苦的深思。他从未感到过这样的疲劳和颓丧。灾难和不幸一个接着一个，每一次都会好景不长，只要他觉得幸福想要珍惜的时候，就又会掉进不幸的深渊。永远如此!

七点钟到了，雷米听见一阵狗吠，几乎就在同时，卡比已经跳到他的膝盖上，用舌头使劲儿舔他的手。马西亚也立刻出现了，他老远就问雷米怎么样了。

"巴伯兰死了。"

他跑了过来，恨不得一步跨到雷米跟前。他听了雷米的所见所闻，显得很忧伤，尽管他害怕雷米离开他，但他也真心诚意地希望雷米能找到父母。

可以看出马西亚的纯真善良和善解人意。

他用许多亲切的话语来安慰雷米："如果你的父母已经找到过巴伯兰，那么现在他们也一定急于知道巴伯兰的消息。所以他们迟早会找到康塔尔旅馆来，不如咱们也去这家旅店等等看。也许能遇到你的父母呢！你不用着急。"

雷米稍微平静下来之后，就将他听到的关于伽罗福里的消息告诉了马西亚。马西亚高兴得跳了起来。

他们回到康塔尔旅馆，尽管这里又破又脏，但怀着梦想的等待让他们很快就睡着了。

三天过去了，没有任何新消息。第四天，旅店老板娘终于送来了巴伯兰妈妈的信。她对雷米说，她已接到关于巴伯兰的死讯，在更早一些的时候，她收到过她男人的一封信，她现在把这封信寄给雷米，因为那上面有着关于他家庭的情况，她认为可能对雷米有用。

“快，快!”马西亚喊了起来，“快念巴伯兰的信!”

看到这封信雷米很紧张，他用颤抖的手打开了这封信。

我的爱妻：

我现在在医院里，病得很重，我相信这个病已无法痊愈。如果我有气力，先应该告诉你我是怎样病倒的，但这已毫无用处，现在应该立刻办最紧要的事情，那就是：如果我当真活不长了，那么，我死之后，你立刻给下面这两个人写信，一个叫格莱斯，另一个叫伽雷，他们的地址是伦敦格林广场林肯小旅馆，他们是负责寻找雷米的律师。告诉他们，只有你一个人能向他们提供孩子的消息。你办这件事，要多用脑筋，让他们明白，必须先付给你一笔钱，才能从你手里买到这个消息，这笔钱至少应当能使你幸福地度过晚年。

这是自私、贪婪的巴伯兰表现出的难得的温情。这种对妻子真情的流露让这个人物形象更饱满、真实。

至于雷米的下落，你只要给一个名叫阿根的人写封信，他会告诉你的。阿根过去是花农，现在在巴黎克里希监狱里吃官司。

凡是你写出去的信都应该让本堂神父先生代笔，在这件事情中，你什么人都不要相信。

最重要的是：在没有确知我已经死去之前，你先什么事也不要管。

我最后一次拥抱你。

巴伯兰

“到伦敦去!”马西亚还没等雷米念完信，就喊道。看着一头雾水的雷米，马西亚说：“既然巴伯兰在信上

马西亚展现出其心思缜密的人物特征。

说是两个英国律师在负责找你，这就意味着你的父母是英国人啊。”

雷米恍然大悟，他终于确定了自己是个英国人。

“两分钟”表现出了他们内心的急迫之情。

两分钟以后，他们就打好背包，准备出发了。

开往伦敦的船，定于第二天凌晨四点起锚，他们三点半就上了船，背靠着一堆木箱坐下来。水手们把货装上轮船，缓慢的钟声当当地敲响，缆绳从码头上被抛进了水里。他们起程了，朝着雷米的祖国开去。

到了第二天，天刚亮，尽管天气阴沉有雾，然而，海边上的白色峭壁和小艇都已清晰可见。透过晨雾，可以远远地看到林木逶迤的两岸，他们进入了泰晤士河。

“我们到英国啦!”雷米对马西亚说。马西亚直挺挺地躺在甲板上，第一次坐船的他有些晕船，疲惫不堪地眯着眼睛打盹。

雷米睁大着眼睛，出神地看着两岸的美景，心头只有赞叹和惊羡。

对伦敦美景的细致描写寄寓了雷米对伦敦之行的良好期望。

泰晤士河两畔的房子一幢挨着一幢，在河的两岸各出现了一条红色的长长的行列。这时，天色变得阴暗起来，天空出现一层烟雾迷蒙的屏障。接着，大树、牲畜、牧场全都不见了，现在拔地而起的是一根根矗立得老高的桅杆。雷米再也忍不住了，冲下“瞭望台”，找到了不再委靡不振的马西亚，他晕船的难受劲儿已经过去了。两个人一起爬上了木箱，一同欣赏着沿岸的奇景。

汽轮终于减速了，机器接着停了下来，缆绳被扔到了岸上。伦敦到了，他们夹在人群中下了船。

情境赏析

雷米刚回到养母的家就得知亲生父母寻他的消息，于是又踏上了寻亲之路。寻亲之路的情节一波三折，希望、失望、再次的希望，主人公的内心情绪及心理随之产生的细腻变化，在作者对其神态、语言、动作、心理等的描写中准确呈现。文中尤其重现了主人公雷米与其朋友马西亚面对同一事件不同反应的描写，从中刻画出二者不同的性格及丰满的人物形象。

名家点评

《苦儿流浪记》中表露得如此频繁的那种劝善性的道德观，对我们并没有吸引力，因为它们显然太抽象而且有偏见；使我们感兴趣的，是马洛在小说中施展得如此娴熟的、如此得心应手的、以情节剧小说的面目出现的现实主义的艺术方法。

——茅盾

身陷贼窝

第十四章

雷米和朋友赶往伦敦见到了自己日夜思念的父母。奇怪的是，父母一家人对他却很冷淡，雷米心里也很难过。这是为什么呢？

下了船，懂得英语的马西亚信心十足地走到一个长着棕红色胡子的胖子身旁，把帽子拿在手上，彬彬有礼地打听去格林广场的路。

他们被告知，只要沿着泰晤士河走就到了。

他们走了一段路，在一块铜牌面前停了下来，铜牌上刻着两个名字：格莱斯和伽雷。定了定神，他们拉响了门铃，进屋了。

他们走进了一间办公室，有两三个人正俯身在办公桌上埋头写字。

马西亚用英语说明来意后，办公室的人全都抬起头来看他们了。一个人推开椅子站了起来，把他们带进了一间堆满书籍和纸张的房间。其中坐着的一位先生上下打量着他们，用法文问：

“你们中间谁是巴伯兰养大的？”

听见他讲法文，雷米一下子放松了很多：

“是我，先生。”

“巴伯兰在哪儿？”

“他死了。”

这个人又问了一些有关他成长经历的问题，雷米简要地回答了他的问题。

雷米讲的时候，那位先生做着记录。他不时用一种使雷米感到窘迫的眼神瞧着雷米，冷酷的面孔上带着狡诈的微笑。最后，他停下来，说雷米父亲姓德里斯科尔，他会马上派人送雷米他们回家的。

雷米真想跳起来去搂他的脖子，可是，他用手给雷米指了指门，就出去了。

带雷米去父母家里的那个办事员是个干瘦小老头。

他们很快来到一条大街上，小老头拦住一辆驶过的街车，让雷米他们上了这辆前面敞开的、没有车门的卡普车。小老头和车夫说着话，他好几次提到“贝司纳尔格林”这样一个地名，雷米猜想这是他父母居住地所在的区名。他知道英文中“格林”是绿色的意思，这时他想象着：这个区一定栽满了各种好看的树木；可是，他们雇的车夫却似乎不知道这个地方，这使雷米很吃惊。

他们的马车在马路上奔驰，天气开始转冷了，他们觉得呼吸有些困难。路上的污泥溅满了他们的车子，一股恶臭的气味从四面八方涌过来，看得出，这是一个肮脏的城区。

一想到再过一会儿工夫，就要拥抱他的父亲、母亲和兄弟姐妹了，雷米非常兴奋，就让马西亚问向导，他们是否很快就要到家了，马西亚的回答让雷米很失望。他说格莱斯和伽雷事务所的办事员讲，他从未到过这个贼窝。雷米想，一定是马西亚弄错了，他没有听懂人家的回答。雷米可不希望自己的家庭住的地方被人这样称呼。

车子在巷子里转了好长时间，终于在一条街上停下来。

他们来到一条满是泥浆的街道，先进入一条小巷，然后来到一个院子，又穿过这个院子进入另一条小巷。这里的房子比法国最贫穷的乡村还要破旧，头上没有帽子也没有头巾的女人和衣服破旧的孩子在门口挤来挤去。借着微弱的亮光，雷米他们发现这些女人脸上没有一丝血色，孩子们几乎都光着身子，只是背上还挂着些布条似的东西。在一条小巷中，几只猪在死水潭里乱拱，发出一股令人恶心的恶臭。

他们的向导很快停了下来，很显然，他也迷了路。正在这个时候，一个人向他们走了过来，他身穿紧身蓝色礼服，头戴漆皮帽，袖口上有一圈黑白饰带，腰带上挂着手枪枪套。这是个警察。

警察问了马西亚几句话后，带他们穿过一些小街、几个院子和弯弯曲曲的街道，来到一个院子里。

雷米问马西亚警察说了什么，马西亚说，警察让他们当心，住在这附近的人，很多是小偷。

“难道我的父母就住在这样的地方？”雷米感到心里很不安，他抓紧马西亚的手，马西亚也紧紧握着他的手。他们两个都知道彼此心里在想什么。看来马西亚也在担忧。

他们走进一间空空荡荡的房间，里面点着一盏灯，炉上燃着煤火。在炉火前面，有一张草编的安乐椅，上面坐着一个戴黑色软帽的白胡子老人，他坐在那里像尊木雕，一动也不动；另外有一男一女面对面地坐在一张桌子的两头，男的有四十岁上下，他的面孔显得聪明而冷酷；女的比他要年轻五六岁，一头金发垂在一块黑白方格披肩上，她的眼睛呆滞无神，姿态也同样无精打采。屋里还有四个孩子，两男两女，都是一式的亚麻色的金发。最大的男孩看去有十一二岁，最小的女孩只有三岁的样子，她正在地上蹒跚地学步。向导对着这群人讲了些什么。所有的眼睛都转过来盯着马西亚和雷米，除了一个被卡比吸引住的小女孩以外。

“你们俩谁是雷米？”屋里的中年男人用法语问他们。

雷米向前走了一步。

“是我。”雷米回答。

“那好，孩子，亲亲你的爸爸吧!”

雷米从前只要一想到这个时刻，总以为会激动无比，可是现在并没有想象中激动。但是，他还是走上前去吻了他的父亲。

“现在，”他对雷米说，“该亲你的爷爷、妈妈、兄弟和姐妹了。”

雷米一一和他们亲吻，他想抱抱小妹妹，可是她正在一门心思地抚摸卡比，一手把他推开了。

当雷米从他们跟前挨个儿走过去的时候，不由得对自己感到生气，唉，这是怎么啦！终于回到了自己家里，和家人团聚了，他却没有感到什么欢乐。父亲、母亲、兄弟姐妹，还有祖父，都是冷冷的面孔，雷米心里也是冷冰冰的。他曾经那么焦急地等待着这一时刻，那么热切地盼望着见到亲爱的父母，可他现在却连一句亲热的话都讲不出口。这是怎么啦!

雷米又走到他母亲的跟前，又一次拥抱她，紧紧地亲她。也许她并不理解雷米此时激动的心情，所以没有用亲吻和拥抱来回答雷米，而是用无动于衷的神情看着雷米，然后稍微耸了耸肩，对她的丈夫说了几句雷米听不懂的话，她的丈夫听了以后，很起劲儿地笑了。母亲的一脸冷漠和父亲的一脸讪笑，使雷米的心痛得再也无法忍受了。他对父母的如此炽热的激情，却换来了他们的冷漠和嘲讽。

“这一个呢，”雷米的父亲指着马西亚问，“他是谁呀?”

雷米向他解释马西亚是他的好朋友，尽力强调马西亚对他的诚挚的友爱，同时极力说明自己还欠着马西亚许多恩情。

“很好。”父亲说，“他是想到这里来旅行几天啰。”

雷米正要回答，马西亚却打断了他要说的话：

“是这样。”

“巴伯兰呢?”父亲问,“他为什么没有来?”

雷米告诉他巴伯兰死了。他们是在夏凡侬从巴伯兰妈妈那里得知他父母的消息的。而当他们赶到巴黎的时候,这一死讯使他们感到多么失望。他们是好不容易辗转到这里和家人团聚的。

“你不懂英语吗?”父亲把雷米的话翻译成英文转述给他母亲后,问雷米。

“不懂。我只懂法语,还懂意大利语,那是跟一个师傅学的,巴伯兰把我卖给了他。”

“是维泰利斯?”

“您知道……”

“前段时间我去法国找你的时候,巴伯兰跟我说起过他的名字。你一定觉得很奇怪,也很想知道我们为什么十三年没有找你,而后来又突然想起了要去找巴伯兰的原因吧。”

“啊!是的,非常非常想知道。”

父亲对雷米说:“你是我和你母亲结婚一年后生的。当我娶你母亲的时候,有一个姑娘以为我会娶她做妻子的。这场婚姻让她的心中充满了仇恨,把你母亲当做她的敌手。为了报复,在你正好满六个月的那天,她把你偷走,并且带到了法国,将你扔在巴黎的街头。我们去找过很多地方,就是没有到巴黎去找,因为我们猜想你不会被扔到那么远的地方去。我们找不到你,便以为你已经死了。直到三个月前,这个女人得了绝症,她在临终之前跟我们讲了实话。我们立刻动身去法国,到那个扔掉你的地方的警察局长那里去了解。在那里,人们告诉我,说你成了克勒兹的一个泥瓦匠的养子,是他捡到了你;我又立刻赶到夏凡侬,巴伯兰对我说,他把你租给了一个叫维泰利斯的流浪乐师，你和他一起走遍了整个法国。因为我不可能留在法国，也不可能亲自寻找维泰利斯的下落，因为我们要趁着天气好的时候，开着车走遍英格兰和苏格兰，去做流动商贩的生意。所以我委托巴伯兰，并给了他钱，让他去巴黎。同时，我又嘱咐他，当他找到你之后，就通知受理此事的律师格莱斯和伽雷先生。没想到他却死了。不过还好，你自己又找到了这里。十三年以后，你又回到了属于你的家庭，我知道，因为你听不懂我们说些什么，也没法让别人明白你的话，所以会感到惊惶不安。但你要相信，一切都会好起来的。”

“是啊，既然我现在是在自己的家里，今后和我一起生活的将是我的父亲、母亲、兄弟和姐妹，在一个孩子的梦乡里，没有比家的温暖和妈妈的爱更能让他觉得幸福的了。他马上就要拥有这种幸福了。那么，一切不是很快就会习惯起来的吗?”雷米想。

在父亲讲述的时候，餐具已经摆上桌子，在一个金属盘里，有一块烤牛肉，周围放了些土豆。

“你们饿了吧，孩子们?”雷米的父亲冲着马西亚和雷米问道，“好了，上桌吃饭吧!”晚饭吃过后，雷米以为他们将要坐在火炉旁愉快地享受临睡前的那些时刻。但是他的父亲说，他等着会朋友，让他们去睡觉。他领他们到了一个库房，那库房和他们刚才吃饭的屋子是相通的，那里放着两辆大车，他打开了一辆货车的门，里面是一张双层床铺。

父亲递给他们一支蜡烛，走了出去，顺手将车门从外面锁上了。雷米和马西亚只好赶快睡觉。

第十五章

雷米发现父母干的是小偷的勾当后，便产生怀疑。当小偷的父母是他的亲生父母吗？他写信向养母了解十多年前的情况。

蜡烛燃尽了，雷米还在窄小的床铺上翻来覆去地寻思着这一天发生的事情，这时候，他听见睡在上铺的马西亚也在翻身，他也并不比雷米睡得好。

“马西亚，你不舒服吗？怎么也没睡？”雷米低声问他。

“不，谢谢你。我自己倒没有什么，但是周围的东西有点儿不大对头，它们在旋转，弄得我好像还在车上或是船上一般。”

雷米感觉到，马西亚说的不仅仅是还在晕船，可能他也觉得白天的事情有些蹊跷。

时间在一分钟一分钟地过去，莫名的恐惧袭上雷米的心头。因为四周没有报时的钟声，他不知道现在是几点了。突然，开向另一条街道的库房门上发出了很大的响声，接着，在几声有规律的、间歇的敲打后，一束亮光射进了他们的车子。

雷米感到十分吃惊，他赶紧往四周看了看，发现亮光是从开在他们车身板壁上的小窗里照进来的。为了不让卡比把院子里的人惊醒，雷米用手捂住它的嘴，然后拨开一点窗帘，朝外面望去。

雷米的父亲悄悄进入库房，打开临街的这扇门，放进两个人，他们肩上都扛着沉重的包袱，接着他轻手轻脚地又把门合上。

他用一个手指压住嘴唇，用另一只手朝雷米睡觉的车子指了指，示意不要弄出响声把他们惊醒。他手里提着一盏灯，故意用东西遮住使光线变得幽暗。

父亲帮那两个人从肩上卸下包裹，接着出去了一会儿，但很快又和母亲一块儿进来了。在他离开的时候，那两个人打开了他们的包裹，里面装满了各种布料；另一个装着各种针织品，好像是毛衣、裤衩、袜子和手套之类的东西。

父亲在灯光下逐件查看这些货品，看完一件递给母亲一件。母亲手里拿着一把剪刀，把从货品上剪下来的标签放进她的衣服口袋里。

过了一会儿，父亲用扫帚掀开地上的一块木板，下面是个地窖。母亲这时已经把两包东西捆好，父亲把东西丢下地窖，然后把木板盖好，用扫帚把周围的沙土扫匀。

现在雷米害怕极了，很多问题搅得他无法入眠，一种隐隐约约的恐惧使他窒息。他似乎明白了一些事情——他的父母原来是盗贼！就这样他痴痴呆呆挨过了整整一夜，做了一晚的噩梦。

第二天，门被打开了，他们自由了。

他们回到昨天吃饭的那间屋子，父亲和母亲都不在，只有祖父一动不动坐在火炉旁，像是从来就没有挪过位置似的，那个叫安妮的姐姐在擦着桌子，雷米的大弟阿仑在打扫屋子。

“我们出去走走吧。”雷米对马西亚说。

整整两三个钟头他们都在外面溜达，到处都是令人心酸至极的贫困景象。在很长一段时间，他们手拉着手，并肩走着，一言不发。

来到了一个有着宽广的绿色草坪和小树林的大公园时，雷米再也忍不住了，他想好好跟马西亚谈一谈。

“马西亚，我亲爱的朋友，请你坦率地告诉我，昨天晚上你是不是没有睡着？你都看见了？”雷米问。

马西亚垂下了眼皮，用憋住气的声音告诉他自己都看见了，雷米的父母是小偷。他认为他们应该马上离开这儿，因为他怀疑这一对夫妻根本不是雷米的亲生父母。

雷米急于为父母辩解，可是他又找不到令人信服的理由。

马西亚又提醒雷米说，他注意到这一家子人都有着一模一样的黄色头发而雷米却没有，而像这样的穷人怎么花得起那么多钱去找一个孩子。他劝雷米赶紧给巴伯兰妈妈写信确认当年包裹雷米的被子是什么样子，到时再找德里斯科尔先生对质，一切都会真相大白的。

“你放心，你找到亲生父母以前，我哪儿都不会去的，只陪在你的身边。”他保证道。

雷米的面孔变得苍白起来，全身不住地发抖。马西亚的这个建议无疑是明智的，但是又使他感到万分恐惧，他为那不知道的结果感到不安。

整整一天，他们一直在这美丽的公园里散步和聊天，中午只买了块面包充饥，他们回到红狮院的时候，已是日落西山了。

父亲已经回来了，母亲也在家。他们并没有责怪雷米和马西亚在外面玩了这么长时间，似乎一点儿也不在乎这个。吃过晚饭后，父亲要雷米讲讲在法国如何谋生的。

雷米讲了他和马西亚的经历。马西亚骄傲地宣布曾经挣钱买奶牛的事情。

父亲看上去很满意，他又叫雷米、马西亚表演一个给他看看，连卡比他也没落下。

雷米拿起竖琴演奏了一曲，马西亚先用小提琴拉了一支曲子，又用短号吹了一支。美妙的音乐激起了围在四周的孩子们的掌声。

雷米对卡比的技艺一直是感到骄傲的，雷米要它表演了几套把戏。也和往常一样，它格外受到在场的“小贵宾”们的欢迎。

“这狗真是棵摇钱树。”雷米的父亲说。雷米接着父亲的话把卡比夸奖了一番，他说他保证卡比能在短时间内学会别人教给它的一切。引得满屋子的人哈哈大笑起来。

“既然如此，”父亲继续说，“我有个建议，不过马西亚应该先说一下，他愿不愿意留在英国，和我们生活在一起。”

“我愿意和雷米在一起。”马西亚机灵地回答。

雷米的父亲根本没听出这句话的弦外之音，因而对马西亚的回答表示满意。

“既然这样，”他说：“我就来说一说我的建议吧。我们不是有钱人，大家都得干活儿才有饭吃。现在是冬天，我们这些流动商贩就没有什么大生意做了。如果雷米和马西亚能到街上去演奏，我敢肯定，你们一定会受到欢迎。当然，每天也都会有一笔不错的收入。”

他们回到大车上去睡觉，父亲今晚没有把他们反锁在里面。

雷米已经上床躺下了，马西亚趁着脱衣服的空当，贴着他的耳朵悄悄说：

“你看，被你称作父亲的那个人，不只是要孩子们替他干活儿，还要狗替他挣钱，这总该叫你睁开眼睛了吧？我们明天就给巴伯兰妈妈写信。”

第二天，他们偷偷给巴伯兰妈妈写了信，然后就带着卡比每天早出晚归地在大街小巷演他们的节目，演完后悄悄到邮政局去看妈妈的回信来了没有。

一连几天，都没有他们的信，他们每次失望而归。

一天，他们又来到邮政局，惊喜地发现，巴伯兰妈妈回信了。

他们迫不及待地打开这封期待已久的回信。

我亲爱的小雷米：

对你信中告诉我的那些情况，我感到十分惊骇和愤慨。因为按照巴伯兰在勃勒得依街把你捡回来后所说的那些话来看，以及后来我和那个找你的人交谈的情况来看，我认为你的父母的生活状况应该是富裕的，甚至是极其富裕的。

当巴伯兰把你捡回来的时候，你当时身上穿的是只有富家婴孩才穿得起的婴儿衣服。

考虑到当人家来向我讨还孩子的时候，也许会对那些衣服辨认一番，因此，我把它们一直很好地保存到现在。

那时你穿的几件衣服是：一顶精致的花边软帽，一件领子和袖口上都镶着花边的细布内衣；此外，还有法兰绒尿布，白羊毛小袜子，用白毛线结的、带着小丝带的小鞋子，一件白色法兰绒小长袍和一件带着风帽的白色开司米小大衣；风帽的衬里是绸的，外面绣了漂亮的花——这都是有钱人家孩子的打扮。

最后还得补充一句：这些东西都没有标记，法兰绒尿布和内衣上原来大概都是绣着标志的；按照通常的习惯，标志是绣在衣角上的。但是人们发现在你的内衣上和尿布上。都有一只角被剪掉了，这说明有人要尽了手腕，想使调查无法进行。

我亲爱的雷米，这就是我要对你说的一切，如果什么时候你需要这些东西，你只要写信告诉我，我就立马给你寄去。

还有个好消息要告诉你，那就是你花钱给我买的那头奶牛现在健壮得很，每天都能产很多牛奶。全靠了这头牛，我现在生活得很自在。每每看到它，我就想起你，还有你可爱的小伙伴马西亚。

给我写信吧，我亲爱的孩子。听到你的消息我将很高兴。

再见吧，我亲爱的孩子，我热情地亲吻你。

你的乳母巴伯兰寡妇

“现在再去问问你的父亲，看他所说的一切跟信上是否相符。”马西亚说。

向父亲询问雷米被人从他家里偷走时穿的是什么衣服，可不是件容易的事。因为对父亲有怀疑，雷米倒变得胆怯和犹豫不决了。

有一天，因为下了一场冰冷的雨，雷米和马西亚比平日回来得早些，于是雷米鼓足勇气，向父亲提出了这个使他忧虑、苦恼的问题。

雷米刚开个头，只说了一两句话，父亲的眼睛便把他死死地盯住了，显然他被这很有来意的问题激怒了，但是很快他脸上露出了微笑。这微笑中，夹杂着冷酷无情和不怀好意的神气。他若无其事地解释说：

“我们能够把你找回来，就是因为我们能够清清楚楚地向人说明你被偷走时所穿的小衣服：花边小软帽啦，镶花边的小内衣啦，尿布、法兰绒长袍、羊毛袜子、毛线小鞋子、白色开司米绣花连风帽小大衣啦，等等。我一直记得在你的小内衣上锈着‘弗·德’这个记号；‘弗·德’是弗朗西斯·德里斯科尔的缩写，也就是你的姓名的缩写；但是这个姓名缩写被偷走你的那个坏女人剪掉了。这个狠心的女人希望别人永远找不到你。为了找你，我不得不向人出示你的洗礼证书，这证件是我在我们本堂区的教堂内抄录下来的。我出示过以后，人们又把它还给了我，现在仍由我妥善地保存着。”

说完，他以极快的速度在抽屉里翻寻起来，从里边很快抽出一张盖了几枚图章的大纸。他把那张纸递给了雷米。

雷米作了最后一次努力，问道：

“要是您同意，就让马西亚给我翻译一下。”

“好吧。”父亲满不在乎地说道。

马西亚把它翻译了出来，那上面写着，雷米生于八月二日星期四，是帕特里克·德里斯科尔和他的妻子马格丽特·格朗热的儿子。

事实摆在眼前，雷米还有什么好问的呢？

然而马西亚并不满足。晚上，当他们回到大车以后，他弯下腰，悄悄地对雷米说：

“话倒是说得天衣无缝，可是没有任何东西可以解释我的问题。你想想，为什么小商贩帕特里克·德里斯科尔和他的妻子马格丽特·格朗热有钱为他们的孩子购买花边帽、镶花边内衣和绣花羊毛大衣？要知道，小商小贩可不会这么阔气。”

“因为他们是做买卖的，他们买衣服更会讲价，所以能比别人便宜。”

马西亚摇摇头，轻轻地“嘘”了一声，又一次贴着雷米的耳朵说：

“雷米，我倒越发觉得你是德里斯科尔老板偷来的孩子！”

“马西亚，你怎么会这么想？假如我不是他们的孩子，德里斯科尔一家为什么要寻找我？他们为什么要把钱送给巴伯兰、格莱斯和伽雷？”

“我只是凭自己的直觉想到的，我总感觉，你不是德里斯科尔家的孩子。这一点，总有一天会真相大白。”

“我的朋友，你要我怎么办呢？”

“我想咱们应当回法国去。而且，应该尽早动身。”

“这怎么行？”

“那是你对这个家的责任感把你留住了。可是，如果它不是你的家庭，那你为了谁非留下不可呢？”

这样的争论让雷米更加痛苦。还有什么能比怀疑更可怕的呢？他不想怀疑，可是一切又让他不得不怀疑——这个男人真的是他的父亲吗？这个女人真的是他的母亲吗？这个家真的是属于他的吗？

“事情的真相到底是什么呢？他该怎么办？”在这个问题上，雷米是无能为力的，他的心，他的思想，一下子都被摧毁了。

第十六章 大团圆

雷米的父母家来了一个神秘的不速之客，他要谋杀阿瑟。雷米和朋友决定通知他们这件事，雷米又遇到什么事情？

这一天，雷米家来了一位客人。这是一个地道的英国绅士，是一位穿着讲究的上流人物，然而看上去有点儿疲惫的样子。他大概五十多岁，笑起来便会露出一口洁白而又锋利的牙齿。此时，父亲已经把马西亚支走，只把他一个人留在了家里。

对此人形象的详细描绘表现了此人与雷米贫穷家庭环境的不相衬，预示了将要有不平常的事发生。

他用英语和父亲说话，不时地朝雷米这边看看，当他们的目光相遇时，他的眼睛立刻就转开。

几分钟之后，他嘴里的英语变成了流利的法语，几乎不带外国音。

“这就是你对我讲过的小孩子吗?”他用手指头指着雷米问，“看起来很健康。”

绅士站起来，走到雷米身边，仔细看看他的身体，摸摸他的胳膊，又把手掌放在他的心口上，让他呼吸。这一切做完以后，绅士睁大眼睛看了雷米好一会儿，脸上露出了令人难以捉摸的笑，他的笑让雷米感到害怕。

刻画了此人有心计、阴郁的人物个性。

绅士没有再对雷米说什么，而是重新用英语和父亲交谈了起来。过了一会儿，他们两人不是从前门而是从库房门走了。

不久，父亲回来了，他声称有事要出去，已经打消了原来的计划，所以用不着雷米了，让雷米到外面玩儿去。

雷米这会儿可没有出去闲逛的心情，不过待在家更让他抑郁，还不如出去散散步呢。当他走进大车去拿羊皮坎肩时，却发现马西亚也在车里。雷米正要开口和他说话，他却用手捂住了雷米的嘴，轻声说：

“把库房的门打开，我悄悄地藏在你后头，别让人看见。”

他们跑到街上之后，马西亚才对雷米说：

“你知道刚才和你父亲说话的先生是谁吗？他是‘天鹅号’游船上那位阿瑟的叔叔詹姆士·米利根先生。”

表现出了雷米对所遇事件的巨大吃惊程度。

雷米呆呆地站在街上一步也动不了，马西亚挽住雷米的胳膊，一面牵着他往前走，一面把刚才无意听到的话告诉了雷米。

刚才的那位绅士是詹姆士·米利根，也就是阿瑟的叔叔。他和雷米的父亲密谋要杀掉阿瑟，夺取他的财产。现在米利根夫人正带着阿瑟在塞纳河上旅行，可能到了蒙特罗附近了，米利根先生马上就去追赶他们。

雷米脸色的变化表现了他对阿瑟性命的担忧，“竟然”一词则突出表现了他对听到此事的震惊。

听了马西亚这一番讲述，雷米的脸色变得非常苍白，那个看起来像绅士的詹姆士·米利根竟然要谋杀阿瑟！

“雷米，我们必须尽快赶回法国去，如果让詹姆士先到达‘天鹅号’上，那就糟了！”

雷米一直犹豫着要不要离开这个令他怀疑的家，现在为了救阿瑟，他义无反顾从家里逃了出来，和马西亚重新踏上回法国的路。

他们以最快的速度到了塞纳河。

这天，他们赶完了一整天的路程之后，从一条浓荫遮蔽的小路上走了出来，来到了林木葱茏的山冈高处。马西亚突然发现塞纳河就横在他的面前。浩浩荡荡的塞纳河就在他们的山冈下面，静静的、浩大的河水平稳地向远方流去，河面上白帆点点，火轮逶迤；那火轮上的烟柱，升起来，散开去，一直飘到他们身边。

平静优美的风景更加反衬出雷米内心的焦急。“浩浩荡荡”、“静静”、“点点”等叠词的使用，将塞纳河的风景描写的更加优美。

雷米和马西亚决定沿着塞纳河逆流向上，这样极有可能会遇上航行的“天鹅号”。

他们一路打听，人们的答复差不多都是一样的：他们没有见过“天鹅号”。

他们开始了新一轮的寻找，一路走，一路问，每天还得挣钱吃饱肚皮，很是辛苦。

一天，他们到了一条河边，第一次听到了盼望已久的回答，有人看到过一条游船，它很像“天鹅号”。马西亚高兴得忘乎所以，在码头上就跳开了舞，后来他干脆操起提琴，发疯似的拉了支胜利进行曲。

马西亚的行为充分表达了对获知阿瑟信息的开心。

雷米忍住满心的欢喜，继续向一个很乐意回答问题的水手打听。

确实没有必要再怀疑了，它是“天鹅号”。大概在两个月前，这条船向塞纳河的上游航去。

雷米充满信心地想：两个月没什么大不了的，最重要的是“天鹅号”已经有了下落。只要他们一直往前走，最终一定会赶上它的。

但是，到了莫莱，他们不得不再次打听这条船的踪迹，因为这里是塞纳河和另一条河的交汇处。

谢天谢地，“天鹅号”正在继续沿着塞纳河航行。

到了蒙特罗，出于同样的原因，他们必须再次打听游船的下落。

这一回，“天鹅号”没有沿着塞纳河，而是在罗纳河上航行了。它是在两个多月以前离开蒙特罗的。有人看见过甲板上站着一位英国夫人和一个躺在床上的小男孩。

在他们追踪“天鹅号”的同时，雷米知道离丽丝的姑妈家越来越近了。马上能见到朝思暮想的丽丝，他的心跳得很厉害。

恰当表现出了雷米对丽丝既思念又担心的复杂心理。

他们到达罗纳河和阿芒松河汇合处的时候，得知“天鹅号”在继续沿罗纳河逆流而上。啊！这正是雷米所希望的，因为走这条河很快就可以看到丽丝了。

自从他们追踪“天鹅号”以来，已不再花很多时间去演出了。收入越来越少，积攒的四十个法郎也很快就用光了。为了省钱，他们只吃两块面包再两个人平分一个煮鸡蛋。这些对他们而言，都已无关紧要，因为追上“天鹅号”是他们现在最重要的事情。

每到一个船闸，他们总会得到有关“天鹅号”的消息。这条运河的水上交通并不繁忙，所有的人都看到过这条不同寻常的游船。从人们的叙述中，雷米得知阿瑟的病有了好转，他感到莫大的宽慰。

宽慰（wèi）：宽畅欣慰。

马上就到了丽丝的姑妈家了，雷米和马西亚不约而同地加快了脚步。卡比也认出了这个地方，它蹿到他们前面想给丽丝报信。

但是，他们看见从屋里出来的，不是丽丝，而是卡比，它没命似的逃跑，后面有个人在追赶它。

雷米和马西亚立刻停住了脚步：发生了什么事情?他们没有把自己的问题说出来，只是继续往前走去。

卡比奔回到他们身边，胆怯地跟在他们身后走着。

一个男人正在扳动闸门，他不是丽丝的姑父。

他们径直走到小屋前，有一个他们不认识的女人在厨房里忙碌着。他们赶忙走向前去打听。

这个女人知道他们的来意后，告诉他们丽丝的姑父苏里奥淹死了，可怜的卡德琳娜被人推荐去埃及做保姆，但使她为难的是她的小侄女。是那位“天鹅号”上的英国夫人收留了丽丝让她给生病的儿子做伴，并答应好好照顾小姑娘。卡德琳娜答应了这个要求，她就和丽丝分开了。

雷米一个人发着愣，不知道该做什么才好。马西亚机灵地推了雷米一把，并替雷米向好心的太太道了谢。

马西亚真是个聪明、机灵的小家伙，他总是能给雷米一些必要的帮助。

“上路吧!”他对雷米说，“前进！现在我们要赶上的不止是阿瑟和米利根夫人两个人了，又加上了一个丽丝。所有的好事全凑一块儿了，真顺利啊！看来，该是苦尽甘来的时候了!”

于是他们跟在“天鹅号”后面继续赶路，除了睡觉和不得不挣几个钱吃饭外，其余的时间都一刻不停地在赶路。

现在又出现了一个严重的问题：“天鹅号”是沿罗纳河顺流而下了呢，还是正在逆流而上？换句话说，米利根夫人是在向法国南部走去还是正向瑞士走去？

他们多方打听，终于得到了可信的消息：米利根夫人往瑞士去了。于是他们沿罗纳河向瑞士方向前进。

这是马西亚对家中亲人之情的自然流露。家人在每个人心中的位置都是永恒的。

“到了瑞士也就可以到意大利。”马西亚欢快地嚷道，“太好了！但愿我们跟在米利根夫人后面一直跑到卢卡，那我就能见到可爱的克里斯蒂娜了。”

通过雷米的心理活动展现出了马西亚与他深厚的友谊，正是这种超越血缘关系的友谊给了雷米巨大的力量。

可怜的马西亚，他一直在帮雷米寻找他深深爱着的那个人；而雷米呢，知道马西亚渴望着要拥抱他的小妹妹，可是自己却什么也没能为他做。他心里感到很自责。

他们到了西塞尔。这是一座被罗纳河的分流切割成为两个部分的城市，河上有一座吊桥。他们走到河边，雷米吃惊地认出了停在远处的那条船就是“天鹅号”!

他们飞快地跑了过去。的的确确是“天鹅号”！可是它看上去好像是条空船。它被缆绳牢牢地系在一道保护栅栏后面，船舱都关闭了，游廊上已没有鲜花。

出什么事了？阿瑟他们人哪去了？他们的心中充满了疑问。

他们找了个人打听，正巧，他正好就是受托照看这条空船的人。从这个人那里，他们得知夫人带着两个孩子到韦维乡间别墅避暑去了。

“走吧，到韦维去！眼下已用不着再追‘天鹅号’了，米利根夫人将在她的乡间别墅度夏，我们只要到那里肯定能找到她。”马西亚说。

离开西塞尔以后，他们就在韦维郊外数不清的别墅里开始寻找。这些别墅，从水色湛蓝的日内瓦湖畔的平地上一直到绿草如茵、林木如盖的山坡上，层层叠叠，样式都是那么的别致优雅。米利根夫人现在带着阿瑟和丽丝就住在其中的一座别墅内。地方总算找到了，但他们口袋里也只剩下三个苏，鞋底也跑掉了。

对别墅数量的表达表现了寻找阿瑟的难度，但对其优美风景的描述也表现了雷米得知阿瑟安危之后内心的安宁。

韦维是由许多市镇连成一片的大城市，住了很多形形色色的英国人，这里简直就像是伦敦郊区的一座娱乐城。在这么大的城市里，找到一位由一个生病的儿子和一个哑巴女孩陪着的英国夫人，是件多么困难的事情啊！一连几天，他们去各处表演，边赚钱边打听米利根夫人的消息。但是没有任何关于夫人的消息。

一天下午，他们在街心演出节目。他们面前有一排栅栏，雷米正对着它放声歌唱，完全没有注意到他背后还有一堵墙。当他唱完了第一段，正要唱第二段的时候，听见有人在墙的那边，用一种奇特的但很微弱的声音唱道：“啊，如果您是白雪，白雪冰冷，犹能饮吞。”

这声音怎么这么熟悉，雷米惊呆了。

“是阿瑟吗？”马西亚问。

不是，这不是阿瑟，阿瑟的声音雷米听得出来。

卡比激动的动作表明这是一个与它关系很亲密的人。

这时卡比叫了起来，它蹿到墙脚下面，一个劲儿扑上去，一个劲儿往上跳，高兴得发狂。

雷米无法抑制自己的激动，喊道：

“是谁在唱歌呢？”

一个声音回答道：

“你是雷米吗？”

对方所答非所问，却喊他的名字，雷米和马西亚都发愣了，充满疑惑地对视着。突然，在墙的尽头，在一排不太高的篱笆上面，有一块白手绢在风中挥过来挥过去。他们于是朝那边跑了过去。

他们一直跑到篱笆前，才看清了那个人是丽丝。并且她已经学会讲话了，刚才的歌就是她唱的。

雷米的动作生动表达了丽丝会讲话一事给他带来的巨大惊喜。

这真是太好了！雷米顿时激动不已，他不得不抓住篱笆上的树枝来站稳身子。但眼下可不是沉迷感情的时候。

“米利根夫人在哪里？阿瑟在哪里？”雷米迫不及待地问。

丽丝翕动着嘴想回答雷米，但是发音不太清晰，她就着急地用手语比画着，好让雷米尽早明白她的意思。雷米正用眼睛看着丽丝的手语，突然瞥见在花园的远处，一个仆人推着一辆长长的小车走了过来，车里躺着阿瑟，跟在车子后而走着的当然就是他的母亲了……雷米紧贴篱笆，把身子探了出去，想看得更清楚点儿……啊！是詹姆士·米利根先生！顿时，雷米缩回到篱笆后面，慌忙叫马西亚也弯下腰来。惊愕稍定，雷米又悄悄对丽丝说：

“不要让詹姆士·米利根先生发现我，他会让我重新回到英国去的。”

她由于惊吓而举起了双手。

“不要动。”雷米继续说，“不要对别人提起我们。明天早上九点钟我们再到这里来。你设法一个人来。现在快走！”

她呆呆地站在那儿，似乎还不明白发生了什么事。

“快走！我求求你。要不你就再也见不到我了。”

说完，雷米和马西亚就立刻躲到墙脚下面，然后一阵快跑，奔到葡萄园里藏了起来，接着就悄悄地商量下一步该怎么办。

生动的动作描写表现了二人的机警。

马西亚对雷米说，“我不打算明天去见米利根夫人，我要立即去见米利根夫人，要告诉她我们所知道的一切。因为从今天到明天的这段时间，足够詹姆士·米利根先生害死阿瑟了。米利根先生从未见过我，他不会多想什么的。我要让米利根夫人决定我们该怎么做。”

马西亚确实是个足智多谋，机灵勇敢的孩子。

雷米也觉得马西亚的建议很有道理，他们约定回来的时候到离现在不远的栗树林见面。

雷米躺在苔藓上，焦急不安地等待着。过了很长时间，也不见马西亚回来，雷米担心是不是他们把事情搞坏了。终于，马西亚陪着米利根夫人一起回来了。

雷米奔到她面前，抓住她的手吻了又吻；夫人把雷米搂在怀里，温情地、亲切地吻他的前额。

夫人的亲密动作暗示了夫人对雷米非同寻常的感情。而雷米也感受到了那种温情。

“我可怜的孩子！”她对雷米说。

雷米从夫人的眼神里，感觉到了无比的温存和爱抚，一种强烈的幸福感油然而生。

“我的孩子，”她说，她的眼睛一直在凝视雷米，“马西亚向我讲了非常严重的事情。请你给我详细地讲一下到底是怎么回事。”

雷米把她问到的事情都讲了一遍，米利根夫人专注地听着，等到雷米讲完之后，她一言不发，只是用眼睛看着雷米，过了许久她才说：

“这一切对你、对我们大家，都是极端严重的事情，我们只有和有能力的人商量后，才能谨慎小心地行动。现在，你仍应该把自己看做阿瑟的一个朋友，”她稍微停顿了一下，但又很快接下去说，“看做阿瑟的兄弟。从今天起，你，还有你的朋友，应该摆脱苦难的生活了；两个钟头后，你们到德里特的阿尔卑斯旅馆去，我会派一个可靠的人先到那里去给你们订好房间，我们将在那里重新见面。”

夫人用词由“朋友”到“兄弟”的变化，是文中埋下的又一伏笔。

她又一次吻了雷米，在和马西亚握过手之后，很快走开了。

“你跟米利根夫人说了些什么？”雷米问马西亚。

“就是她刚刚对你说的，也还有些别的。”

雷米继续追问马西亚，他同夫人到底还讲了些什么，他总是避而不答，躲躲闪闪，要么就是有意跟雷米绕圈子。这样，他们只好聊些无关紧要的事情，一直聊到约定的时间便向阿尔卑斯旅馆走去。

马西亚的动作描写表明他可能做了什么不愿告诉雷米的事。

一个穿黑色套服、系白色领带的侍者接待了他们，把他们带进已经预定好的房间。在那里，他们受到了极好的招待，吃了一顿相当丰富的晚餐。

第二天，米利根夫人来看他们，她带来了一个裁缝和一个专做内衣的女人，为雷米和马西亚量裁外衣和衬衫。

米利根夫人告诉他们丽丝在继续学说话，医生认为她的病肯定已经好了。夫人和他们在一起待了一个钟头，临走的时候，她亲昵地吻了雷米，和马西亚握了手。

一连四天，她天天都来，对雷米一次比一次亲热、温柔。不过雷米觉察得出来，米利根夫人似乎很为难，一直在隐忍着某种深切的感情。

隐忍：把事情藏在内心，勉强忍耐。这个词生动、准确地表现了夫人复杂的心情。

到第五天，夫人自己没有来，来的是以前雷米在“天鹅号”上见过的夫人的那个贴身女仆，她告诉雷米，米利根夫人在家里等候他们，马车已经预备好，正在旅馆门口等着，他们将乘这辆马车到夫人那里。马西亚不动声色、神气十足地坐了进去，卡比也毫无拘束地爬上了车垫。

马西亚的神情表明他可能知道什么内情。

路程很短，他们很快就到了。

有人把他们让进了一间客厅，米利根夫人坐在客厅里，阿瑟躺在沙发上，丽丝也在那里。

阿瑟向雷米伸出了双臂，雷米激动地跑过去亲了亲他，又亲了亲丽丝。米利根夫人向他走来，拥抱着他并亲切地吻他。

“这一时刻终于到了，”她对雷米说，“你可以重新坐在属于你的位置上了。”

雷米目不转睛地望着她，他想寻求一个合理的解释；她为雷米打开了一扇门，这时巴伯兰妈妈走了进来，怀里抱着一堆婴儿的衣裳，一件白色开司米绒衣，一顶花边软帽，一双针织毛袜……

正当雷米和巴伯兰妈妈激动地拥抱时，米利根夫人却请詹姆士·米利根先生进来。雷米听到这个消息，吓得躲到了妈妈的身后。

“你用不着害怕，请到我身边来握着我的手。”

米利根先生还不知其阴谋已败露。

客厅的门开了，满脸微笑的詹姆士·米利根先生走了进来。可是他一看见雷米，脸上的笑容就立刻僵住了。

这时米利根夫人开口了。

“我叫您来，”她的声音很慢，稍微有些颤抖，“是为了向您介绍我的长子，我终于有幸找到了他。”她紧紧握着雷米的手，继续说下去，“他就在这里。听说在偷走他的人家里，您仔细地检查过了他的健康状况，那么看来你们已经很熟悉了。”

“对不起，我听不懂您的话是什么意思。”詹姆士·米利根先生说道，他的脸变样儿了。

排比句，既表现骗子的费尽心机的可恨，又表现了夫人调查的细致。

“这是一个身在监狱的犯人所写的亲笔信，信上清清楚楚地写着：他是如何偷走这个孩子；如何把他扔在巴黎勃勒得依大街上；最后为了不让别人发现这个孩子，又如何小心地剪掉了孩子内衣上的标记。这里还有巴伯兰夫人带来孩子的内衣。您要不要看看这封信，或者看看这些衣服?"

詹姆士·米利根先生惊呆了，然后默默无语地朝门口走去。正要出门，他突然又转过身来。

"我们走着瞧!"他咬牙切齿地说，"让法庭来审判这桩冒认孩子的欺骗罪。"

米利根夫人镇静地回答道：

"即使你向法庭起诉，我也不会去法庭告发我丈夫的兄弟。"

米利根夫人的话表现出了心胸宽广、重亲情、善良的母性光辉。

门在詹姆士·米利根先生的身后重新关上了。

雷米终于投进了母亲的怀抱。他们紧紧抱在一块，很久都不愿分开。

当他们的激动稍稍平静下来之后，马西亚走了过来。

"米利根夫人，我很好地保守了您要我保守的秘密。"他说。

"怎么这一切你全知道?"雷米问。

雷米的母亲替他回答：

"亲爱的孩子，起初我只是怀疑你就是我失散多年的儿子，但是如果到头来我又对你说我们弄错了，那你会遭受多么大的打击!这是我所不愿看到的，所以我嘱咐他不要声张，首先要有确凿的证据。现在，这些证据我们有了，我们将永远在一起了。你将永远和你的母亲、弟弟，还有你在不幸中爱过的人们一起生活了。"

夫人的语言表现了其对人体贴入微、心思细腻的人物性格。

时间过得很快，一晃好几年过去了。雷米，曾经在幼年时被人偷走、被人遗弃的弃儿；无依无靠曾经不断

两个"曾经"的使用，使雷米生活状态的前后对比更加强烈。

被命运捉弄因而流离颠沛，几次死里逃生，现在不仅恢复了他的身份——亨利·米利根，他还继承了家族留给他的一大笔财产。

如今，雷米和母亲、弟弟还有他的妻子幸福地住在英国，他祖先的庄园——米利根花园府里。

雷米的妻子，就是那个聪慧的哑巴女孩丽丝。她说话已经没有丝毫障碍了，这是米利根夫人的精心教育和医生的悉心治疗的结果。

雷米的弟弟，病恹恹的阿瑟，也由于一家人的悉心看护，病已经痊愈。这个聪明开朗的小伙子越来越健康，顺利地上了大学，还成为了一名优秀的狩猎者，并幸福地找到了自己的人生伴侣——马西亚一直想要拥抱的妹妹克里斯蒂娜。

雷米孩子的名字反映了雷米对马西亚友情的珍视。

今天，雷米就要为他的第一个孩子——小马西亚洗礼了。这一天，他邀请了在旧时不幸的年月里所结识的朋友来到这座古堡同他们全家欢聚。

在长廊的一端，坐着一位法国农妇打扮的老妇人，抱着一个裹在白色毛皮小大衣里的婴儿——雷米的儿子小马西亚，慈祥地笑着，眼睛眯成了一条缝。这是那个给了弃儿小雷米无私的爱的巴伯兰妈妈。善良的她被雷米接到了家里，过着安详的晚年。

善良的人们获得了他们的幸福。

雷米的岳父——花匠阿根老爹，在雷米的帮助下不但还清了所有的债务，而且还买下了他家附近的一所大房子培养各种各样的花草，在大女儿艾蒂奈特的帮助下，它成为了巴黎郊区最大最漂亮的花园。大儿子亚历克西，在煤矿的工作中刻苦钻研，现在成为了出色的技师。被寄养在伯父家的小儿子邦雅曼，刻苦钻研花草的栽培技术，颇有成果，成为花草栽培专家，还出了好几本书。至于那位曾经在矿难中和雷米有过生死之交的“老夫子”，现在胡子和眉毛真的已经发白了，不过精力还充沛得很，仍专注于对形形色色的矿石的收藏。知识渊博的他有时候还和阿根老爹研讨有关植物学的知识。

一直忠诚地陪伴在雷米身边的好伙伴马西亚，在雷米的帮助下，凭着自己在音乐上的超人天赋，成为了一名受人爱戴的著名小提琴家。每天都奔波在各个城市，忙着自己的演出。每到一个地方，观众都会用热烈的掌声和美丽的鲜花表示对这位音乐天才的敬意和赞叹。

现在，所有的来宾已就位，丰盛的晚宴即将开始。雷米站起来说：“我很高兴再见到大家。你们在我流浪的时候曾给了我无私的帮助，我永远都不会忘记。但我还有一位大恩人，今天我要把他介绍给在座的每一位。”

雷米的语言突显了他知恩图报、重情义的性格。

说完，雷米扯下了雕塑上面的白布。原来是雷米的师傅——维泰利斯老公公。雷米激动地说：“各位，没有我亲爱的师傅就没有我的今天，他教育我如何做人，教我怎样面对困难，培养我坚忍的意志，他给予我生存的各种本领。虽然，他已经不在人世了，但我将永远缅怀他。我相信，在天堂的他一定会为今天的这一切高兴的！”雷米的声音哽咽了，他深深弯下腰向塑像鞠躬。在场的所有人也都低下头，为这位可敬的老人祈祷，愿他安息。

雷米准确总结了维泰利斯赋予他的最宝贵的东西。

愉快的晚宴开始了，所有人都围坐在一张餐桌旁，自然而然地谈到了往事。

马西亚告诉大家他在赌场遇到了雷米的叔叔詹姆士·米利根先生，那位曾经设计要夺他家产的绅士输光了所有的钱，只好乞讨过活；而小偷德里斯科尔和他的两个儿子被判流放罪，德里斯科尔太太不知怎么被烧死了，只剩下小卡特和祖父相依为命。大家听了欷歔不已。作恶者得到了他们应该得到的惩罚！

晚宴在大家愉快的交谈中结束了。马西亚走到雷米身边，把他拉进古老样式的高大的窗洞里。

马西亚的提议是对与雷米往日流浪生涯的回应，也再次表达出他们今日的幸福与喜悦之情。

“我有个主意，”他说，“我们过去经常为那些毫不相干的人演奏，现在该为我们热爱的人演奏一场了。”

“这真是个好主意，那就演奏我们最喜欢演奏的那不勒斯曲子吧！”雷米爽快地答应了。

他们说着就各自动手去拿自己的乐器。在一个漂亮的丝绒衬里的盒子里，马西亚拿出那把流浪时随身携带的旧提琴。如果出售的话，它最多值两法郎，可因为它见证了他们的苦难生活，被马西亚当做无价之宝珍藏着。

他们两人对各自乐器的感情，就如同他们之间的患难真情一般，历久弥新。

这边，雷米也从套子里取出了师傅留给他的竖琴。由于风吹雨淋，竖琴的木头都露出了原木的本色。

大家围成了一圈。就在这个时候，一只鬈毛狗——卡比，它出场了。卡比已经老了，它的耳朵也聋了，但它的视力还一直很好。它从卧着的睡垫上认出了竖琴，仿佛全身都有力量。它先是蹲下来，一只爪子放在它的胸口，向“贵宾”们深施一礼。接着它蹒跚地走了过来，嘴里叼着一只放茶杯的托盘。它想立起后腿绕着“贵宾”们走一圈，但它已经力不从心了。

当雷米和马西亚唱完歌曲时，卡比勉勉强强地站了起来，开始“募捐”。它叼着托盘来到“贵宾”们跟前，每个人都把“捐款”放在它叼着的茶托里，都是些金币和银币，一共一百七十法郎。卡比获得了一笔令人惊叹的收入。

雷米怜爱地吻了吻老伙计的鼻子，对大家说出了自己的想法：

“我们将为救助流浪小乐师们建筑躲避风雨的房屋，今晚的这笔收入将是这一房屋基金的第一笔款项，余下的将由我母亲和我支付。”

这是对雷米人性光辉的升华。

“亲爱的夫人，”马西亚吻着雷米母亲的手说，“我请求您让我在您的事业中也尽一份小小的力量。如果您乐于接受的话，我在伦敦举办的第一场音乐会的收入，将加入卡比的收入之中。”

大家听了，一齐鼓起掌来。热烈的掌声久久不能停息。卡比好像也懂得了其中的道理，连蹦带跳地“汪汪”叫着。

情境赏析

无意听到阿瑟叔叔要加害阿瑟的阴谋后，雷米与马西亚开始了追赶阿瑟告知此事的长途跋涉。文章细腻的笔触将雷米的担忧与焦急鲜明呈现在读者面前。他们找到阿瑟一家后，成功击碎阿瑟叔叔的企图。雷米意外得知自己是阿瑟的哥哥，并继承了大笔遗产，过上了幸福生活。此后，他对帮助过他的人一一回报，并决定帮助需要帮助的人。整篇故事在作者精妙的情节结构安排之下，悬念迭出，非常富有戏剧性。故事的结尾与前文的各种伏笔一一呼应，使全文的故事在层层铺排之后，获得了完美的结局。

名家点评

《苦儿流浪记》的小主人公雷米是真实的，因为他是千百个已经在天灾人祸中被吞噬了小生命的弃儿的化身。从弃儿雷米身上，我们看到的是成百上千个已经死去的雷米的尸体。在艺术想象力中复活了的化身，是真实的。

——（印）泰戈尔